COLLECTION FOLIO

Edwy Plenel

Secrets de jeunesse

Gallimard

Edwy Plenel est directeur de la rédaction du *Monde*.

Aux enfants.
À Eve,
Eric et Anne,
Yona et Thierry.

1
Le voyage de Rimbaud

Je ne suis pas parti, et le plus difficile fut d'apprendre à rester...

Ce devait être la première phrase d'un récit, toujours projeté, sans cesse reporté. Les titres n'ont jamais fait défaut : *Notre histoire, Notre temps, Une identité, Retour, En souvenir du futur, Exotiques, L'Esprit de famille* ou, plus explicite, *Une famille politique.* C'est plutôt l'envie qui se dérobait, et je ne cherchais pas à la ranimer. Sacralisant le livre, comme souvent les travailleurs de l'éphémère, encore plus s'ils sont encombrés de précautions d'autodidacte, j'ai toujours cru qu'il ne fallait écrire que des livres nécessaires.

Il me suffit de feuilleter les divers cahiers d'écolier, qui gardent les traces de plusieurs tentatives ébauchées lors d'occasions vacancières et avortées bien avant qu'elles se terminent, pour revivre mon échec. Sans m'en apercevoir, j'y formulais moi-même les raisons de mon renoncement : *Ce que nous voulions visiter : l'Histoire. Et, pour l'heure, ne nous restent que des histoires, souvent dérisoires.* Ou cette autre notation, qui ne pouvait que m'inciter à faire demi-tour : *Je ne saurais parler de moi. Je voudrais parler de nous. C'est, au fond, bien plus prétentieux. Un égotisme superlatif.*

Toutefois, avant de me décider à abandonner, j'ai longtemps retravaillé l'amorce de ce livre imaginaire, avec une persévérance qui m'étonne. Plusieurs étés de suite, j'y suis revenu, sans m'attarder ni m'acharner, comme si je prenais plaisir à revisiter une scène fondatrice qui me donnerait la clé de l'ouvrage à venir, ou plutôt sa musique, ses couleurs. Sans doute le moment qu'elle évoquait était-il plus bavard qu'une simple entrée en matière littéraire, plus essentiel que je ne me l'avouais. Bizarrement, je ne racontais pas l'événement qui en nouait la trame, me contentant de tourner autour en alignant des généralités qui devaient être sincères. Elles égrenaient toujours les mêmes thèmes : l'appel d'un grand large de révoltes, l'abandon volontaire d'un rendez-vous lointain, l'apprentissage douloureux du surplace ici même.

Une seule de ces versions, qui remonte au tout début des années 1980, est tapée à la machine, probablement parce que, dans l'instant, je l'ai crue plus aboutie.

Je ne suis pas parti. Et le plus dur fut d'apprendre à rester.

J'avais pourtant grandi dans un monde de voyages, un univers sans frontières. Je n'étais pas le seul. D'autres jeunesses furent d'emblée corrompues; la nôtre fut plutôt avide de remises en cause, prompte à s'émouvoir, rétive à cet engourdissement qu'elle devinait sous les fanfaronnades de l'âge adulte. Elle n'avait pas grand mérite : un monde se défaisait, les empires se délitaient, l'Histoire désertait l'Europe. Il fallait bien s'inventer d'autres voies, découvrir de nouveaux rivages, discerner de lumineux repères. Lame sourde érodant une jetée de certitudes, la rumeur nous y incitait; l'écho d'un ailleurs tumultueux, fait de révoltes simples et transparentes, nous conviait à cette quête d'autres mondes. Aussi, ce ne fut que rarement grandes ruptures et, plus souvent, laisser-aller d'un air du temps. Qu'importent les circonstances puisque la mode était prometteuse, bousculant l'immobilité de carrières repues, l'amertume de réussites trop attendues, la vacuité d'une vie à répétition.

J'aurais donc dû partir. Rien ne me retenait encore; je la connaissais certes, mais notre amour mettait de longues et patientes réticences à s'avouer. Or, par le détour d'une alchimie collective, je me résignai à rester bien que l'occasion d'un départ se présentât, très précisément, vers une terre que l'on aurait crue alors grosse d'affrontements élémentaires. Et ce fut, au fond, pour moi comme pour bien d'autres, la difficulté : il allait falloir apprendre à durer et à rester, se confronter au dangereux mariage du temps et de l'espace, affronter l'usure de l'un et l'enfermement de l'autre...

Le tapuscrit se poursuit encore, sur quelques feuillets, par une discussion sur le *voyage* qui, lui, *se joue de ces pesanteurs* parce qu'il *abolit la durée, en mêlant le divers à l'éphémère* et par une critique de ces *intrépides voyageurs qui, de retour au port, se convertissent avidement au réel, à l'immobilité des places et des jours, et pour qui la retraite fut un abandon. Si l'on faisait profession d'indulgence,* poursuivais-je, *on aimerait pouvoir plaindre ces retraités du voyage, tant ils semblent tourmentés, égarés dans une quête éperdue de certitudes, fuyant leur propre souvenir en un stupéfiant acharnement à salir, chez les autres, l'ombre de leur passé, le moindre reflet de leurs propres dérives et mensonges, comme si le destin les avait condamnés à pourchasser, dans l'éternité, leur jeunesse. Évidemment, je théorise a posteriori. Notre refus du voyage fut rien moins que glorieux...*

Ce qui me surprend, en recopiant ces lignes maladroites à vingt ans de distance, ce n'est pas tant leur humeur sombre, plus triste que mélancolique, qui ne m'est pas coutumière. Ce sont les mystères dont elles s'entourent pour ne pas vraiment dire ce qu'elles veulent confesser. J'ai l'impression de lire un samizdat allusif dont l'auteur disparu aurait emporté avec lui le secret. Heureusement, le décodage n'est pas très sorcier : en l'occurrence, le thème du « voyage » est une façon d'évoquer mes années de militant professionnel, activisme qui fut parfois salarié et auquel j'ai mis fin en 1979, choisissant de me confronter à des réalités qui, jusque-là, m'avaient épargné. Mais la métaphore fait aussi écho à un voyage très précis, en 1974 : la proposition par les trotskystes antillais d'une installation durable en Martinique comme permanent politique, projet qui fut refusé par l'organisation française.

Il n'y a donc pas de mystère, et encore moins de raison d'en faire des manières : j'ai été trotskyste, et je n'ai même été que cela, pendant dix ans. En septembre 1969, vivant alors en Algérie, je suis devenu militant de la Quatrième Internationale fondée en 1938, en France, très exactement à Périgny (Seine-et-Marne), chez Alfred et Marguerite Rosmer. Installé à Paris en septembre 1970, j'ai alors milité à la Ligue communiste, devenue après sa dissolution en 1973 la Ligue communiste révolutionnaire (LCR) et restée l'officielle section française de ladite Internationale. Au sein de son appareil, je fus d'abord membre de commissions internationales chargées du monde arabe, et plus précisément du Maghreb. Puis je fus un temps responsable national du secteur lycéen, tout en occupant des responsabilités locales à Paris, notamment au Quartier latin. Ensuite, de 1976 à 1978, je fus journaliste à *Rouge*, alors quotidien, avant de conclure par une année de militantisme sous l'uniforme durant un service militaire qui fut, en quelque sorte, un sas de sortie. J'ajoute enfin que, entre deux congrès, j'ai été membre du comité central de la Ligue et que, de 1974 à 1978, j'en fus permanent salarié, payé au SMIC, selon les règles égalitaires d'usage.

Durant ces années, je me suis aussi occupé un temps des relations avec l'organisation sœur apparue aux Antilles, le Groupe révolution socialiste. C'est dans ce contexte que, en août 1974, l'un des dirigeants du GRS, Philippe Pierre-Charles, profitant d'un de mes séjours sur place, demanda à la LCR, fort officiellement et avec mon accord, mon détachement politique dans cet outre-mer colonial. La question fut mise à l'ordre du jour d'un comité central estival de la section française et, ce qui se comprend aisément, tranchée rapidement. Mais, la démocratie interne n'étant pas prise à la légère, il y eut discussion, quelques interventions, suivies d'un vote. Séjournant encore en Martinique, je ne pus y prendre part. Mais on me raconta comment Daniel Bensaïd, qui, avec Alain Krivine et Henri Weber, incarnait pour l'extérieur une direction qui était en fait plus large et collective, emporta la décision en critiquant mon romantisme. Il le résuma d'une formule qui signifiait bien mon éloignement des rives du raisonnable et du pertinent : on n'allait quand même pas me laisser faire mon voyage de Rimbaud ! Le vote fut largement négatif, et je l'en remercie. Grâce à lui, je n'ai pas tourné le dos à celle qui allait me devenir la mesure de toute chose et que j'ai connue militante à la Ligue, Nicole.

Sur le moment, ce « voyage de Rimbaud » que j'imaginais lancé à la cantonade sur un ton moqueur m'a plutôt vexé. Je ne fuyais rien, je tentais de me retrouver. Je ne pensais pas m'égarer, mais mettre de l'ordre dans une jeunesse emportée avant maturité dans le tourbillon du gauchisme de l'après-68. Surtout, en ce mi-temps de la décennie 1970 où commençait à refluer la vague révolutionnaire portée par les années 1960, j'étais saisi d'un sentiment de vacuité et d'inutilité. Jusqu'alors, sous couvert de mon militantisme professionnel, j'avais vécu à Paris comme un touriste en transit, décalé et déphasé dans une ville que j'aimais en étranger, sans maîtriser parfaitement les codes et les usages d'un monde dans lequel je n'avais pas grandi. Avant de m'habituer à ce décalage et de comprendre qu'il serait mon identité même — ce sentiment d'être à la fois dedans et dehors qui fait mon rapport à la France et que je résume en me disant, pour rire, « Breton d'outre-mer » —, j'en ai souffert à l'image d'un migrant qui non seulement n'aurait pas de repères pour s'orienter, mais de plus ne pourrait pas compter sur la solidarité d'une communauté d'origine.

Aussi voulais-je rejoindre mon enfance antillaise, rentrer au pays d'enfance en imaginant que ce pourrait être un abri où échapper à mes tourments. Rimbaud n'était donc pas la bonne référence qui, comme on le sait, faisait le chemin inverse, fuyant les froidures du Charleville de son enfance quand je voulais revivre sous les tropiques de la mienne. À tout prendre, j'aurais préféré le premier voyage de Gauguin qui le conduisit à Panama, via la Martinique, rêvant déjà de « vivre en sauvage » dans un lieu « où la vie matérielle peut se passer d'argent ». De son enfance, le petit-fils de Flora Tristan avait gardé « la lubie de ces fuites » grâce, écrira-t-il aux Marquises, au pouvoir de séduction « d'une image représentant un voyageur, son bâton et son paquet sur l'épaule ». Une image du juif errant…

Depuis 1974 et mon demi-tour contraint et bienfaisant, je me suis habitué à être définitivement exilé de mon enfance. Sans que ce fût le fruit d'une décision dont je me souvienne, j'ai même fait en sorte, au fil des ans, d'accentuer cet exil intérieur en ne revisitant plus les lieux qui y étaient associés, que ce soit aux Antilles ou en Algérie. Cette mise à distance ne témoigne pas d'une indifférence, mais d'une fidélité : n'ayant d'autre pays que cette enfance-là, je voudrais la garder intacte dans ma mémoire, hors du temps et protégée des intrus, inviolée et inviolable.

C'est en quelque sorte mon secret, et il m'est d'autant plus cher qu'il fut à l'origine de mon engagement politique où j'ai fini par trouver les repères qui me manquaient, familiaux et culturels. Depuis l'émotion universelle du *Petit Prince*, au moins, c'est une banalité de dire qu'il n'y a d'âge adulte qu'en apparence, dans l'imperfection et l'incomplétude. Sauf si d'extrêmes blessures conduisent à refouler cette part d'enfance, nous grandissons dans l'éternel retour, confrontés aux mêmes joies, aux mêmes angoisses. Or, pour moi, le militantisme, ce fut aussi l'enfance : une dette à honorer vis-à-vis d'un père et d'une mère qui, faute d'avoir été « organisés » comme nous disions dans notre vulgate où nous moquions les « inorganisés », payèrent le prix de leurs convictions dans une grande et longue solitude.

De mon trotskysme passé, c'est en vérité le seul vrai secret. Un secret d'enfance. Pour d'autres, et à tous âges, c'est le trotskysme qui est en lui-même un secret.

Qu'il s'agisse de l'itinéraire inédit d'un Premier ministre, des mobilisations contre la globalisation marchande, des nouvelles pratiques militantes, syndicales et associatives ou des origines politiques semblables d'individus ayant des parcours professionnels divers, la France se découvre, en ce début de XXIᵉ siècle, une nouvelle énigme, qui intrigue, fascine ou inquiète. Le trotskysme, en effet, à propos duquel Lionel Jospin a amplement contredit, par son long mensonge, ma conviction qu'il n'y a de vrai secret que d'enfance. Après avoir longtemps nié son engagement au sein d'un autre des trois courants du trotskysme français — l'Organisation communiste internationaliste (OCI), dite souvent « lambertiste », du nom de son principal dirigeant, Pierre Lambert —, il ne l'a concédé qu'à demi-mot, rapide et succinct, s'enfermant très vite dans un mutisme entêté. En cette affaire, le trotskysme, il y aurait donc des secrets de sarcophage : du mystérieux et de l'embarrassant, de l'inavouable et du gênant, voire de l'infamant et du déshonorant. Si je me suis résolu à écrire ce livre-ci, c'est par refus de ce trotskysme honteux.

Dans mes vieux cahiers, je retrouve un argument qui, censé hier me convaincre de renoncer, résonne aujourd'hui avec à-propos : *Le temps n'est pas venu des Mémoires. Les vies ne sont pas encore accomplies. En revanche, la mémoire est déjà un enjeu.* Je n'ai évidemment aucune histoire exemplaire, originale ou édifiante, à raconter : mon militantisme fut ordinaire, courant, sinon banal, dans le contexte de l'époque dont le texte était, de plus, multiforme — trotskystes, maoïstes, spontanéistes, anarchistes, bordiguistes, posadistes, conseillistes, luxembourgistes, et j'en oublie. L'enjeu auquel je pensais quand, au début des années 1980, j'ébauchais un livre virtuel, ne concernait que moi-même. J'avais certes abandonné le militantisme professionnel et l'engagement partisan, mais je ne renonçais pas à nombre de valeurs et de convictions qui les avaient animés. Je changeais et je ne changeais pas. Aussi voulais-je être au clair, dans un dialogue solitaire, de soi à soi : ne pas tourner la page sans l'avoir lue à voix haute. Décider de ce que j'allais retenir et de ce que je souhaitais laisser.

« Rester fidèle à ce qu'on fut, tout reprendre par le début, chacune des deux tâches est immense. » Le programme fut énoncé dès 1960 par le philosophe Maurice Merleau-Ponty et nous ne sommes encore qu'au tout début de l'ordre du jour. En d'autres termes : comment se déprendre sans se défaire ? Cette question m'a longtemps habité comme, je le suppose, toutes celles et tous ceux qui, un jour ou l'autre, furent sincèrement et consciemment militants, sans suivisme ni cynisme.

À l'évidence, ce n'est pas Lionel Jospin qui nous aidera à y répondre. Du moins le Jospin public, car l'on devine, sous la carapace, des tourments intimes. Depuis la confirmation officielle de son passé trotskyste, on le sent encore plus noué que d'habitude, comme si ce grain de sable biographique avait enrayé la machinerie chargée de façonner un autre lui-même : l'austère « qui se marre » et le rigide « qui fend l'armure ». Mais ce n'est pas tant son propre embarras, prévisible, qui m'a surpris que cette gêne bien-pensante et cette hypocrite indifférence qui ont d'abord paru l'emporter. « Et alors, quelle importance ? » entendait-on un peu partout.

Comme si le passé politique d'un haut personnage de l'État ne devait susciter aucune curiosité publique. Comme si le fait, à tout le moins inédit, du long passage d'un dirigeant socialiste, réformiste par définition, dans une formation se réclamant de la révolution mondiale ne soulevait pas des interrogations légitimes. Comme si, surtout, allait de soi son choix de taire avec entêtement cet itinéraire, à l'instar d'un secret de famille que seuls les initiés pourraient comprendre et partager.

Curieusement, les discours officiels de la gauche gouvernante et de l'extrême gauche se rejoignaient dans un même déni : « Peu importe qu'il l'ait été puisqu'il ne l'est plus », proclamait-on de part et d'autre, dans la confirmation réciproque de certitudes rassurantes. Cette insistance très française des trotskysmes dans notre paysage intellectuel et politique, des nombreuses organisations qui s'en réclament aux multiples itinéraires qui les croisèrent depuis un demi-siècle, n'aurait-elle donc rien à nous dire ? Voilà qu'on découvre soudain l'influence d'une formation, l'OCI, aujourd'hui autoproclamée Parti des travailleurs, alors que, jusqu'ici, deux effets de loupe, électoraliste dans un cas, mouvementiste dans l'autre, ne nous donnaient à voir que Lutte ouvrière et la Ligue communiste révolutionnaire. Et que surgit cet homme, Pierre Lambert, aux réseaux mystérieux, avec lequel Lionel Jospin et son frère cadet Olivier ont entretenu de longs rapports de proximité, sinon de fidélité, l'un alors même qu'il était premier secrétaire du PS, l'autre comme membre de la commission de contrôle du comité central de l'OCI. Et qu'intervient cette pratique, l'entrisme, que le lambertisme a érigé en tactique systématique et qui évoque le double-jeu, la dissimulation, la ruse. Et, malgré toutes les questions en suspens, il faudrait au plus vite enfouir tous ces mots, tous ces sigles, toutes ces notions, tous ces personnages, sans en comprendre le sens, sans en connaître l'histoire, sans en approcher la vérité ?

C'est cet empressement à tourner la page qui a sorti d'un long sommeil le vieux défi que j'avais renoncé à me lancer à moi-même. D'autant que s'ajoutait le fait, plutôt désagréable, de me voir publiquement embarqué sous le label imprécis d'ex-trotskyste dans une histoire, celle de Lionel Jospin et de l'OCI, qui ne fut pas la mienne, même si j'en ai partagé certains référents idéologiques. N'ayant jamais fait mystère de ma jeunesse trotskyste — de 1969 à 1979 donc, entre mon dix-septième et mon vingt-septième anniversaire —, je me sais certes plus exposé que d'autres anciens militants non pas à cause de mon passé politique, mais de mon présent professionnel : le journalisme, ce métier dont les précaires notoriétés provoquent de durables détestations. Mais, en l'espèce, je me suis senti intimement exclu : entre le silence des uns et le dédain des autres, ma propre histoire ne trouvait pas sa place dans un récit où, le plus souvent, dominaient les caricatures et les fantasmes. Je ne fus pas le seul : nous sommes bien quelques dizaines de milliers qui, ayant été peu ou prou engagés dans les années 1960 et 1970 à l'extrême gauche, qu'elle fût ou non trotskyste, avons renoncé aux disciplines militantes et portons un regard parfois critique sur leurs illusions, sans pour autant abandonner une fidélité à nos colères initiales et sans taire notre dette envers ces apprentissages.

Si j'avais à définir ce qui m'en reste, je me dirais volontiers trotskyste culturel, m'inventant une identité intermédiaire, bâtarde et métissée, qui déplaira aussi bien aux orthodoxes qu'aux apostats. Le trotskysme comme expérience et comme héritage fait à jamais partie de mon identité, non pas comme un programme ou un projet, mais comme un état d'esprit, une vieille critique faite de décalage et d'acuité, de défaites et de fidélités. En d'autres termes, je ne persiste ni ne renie, je m'entête simplement à rester ce que m'a fait devenir cette histoire, dans un cheminement à la fois ordinaire et unique, comme toute vie, entre époque et hasard. Si elles ne furent assurément pas idéales, nos jeunesses ne furent pas indignes. Surtout, elles sont intelligibles, sans grands mystères ni sulfureux secrets, et, dès lors, transmissibles. Si je me risque, ici, à quelques confidences, opposant le plein d'un peu de souvenance au creux d'un long silence, c'est dans l'espoir de sauver du sens, c'est-à-dire de la raison et de la tradition, là où d'autres s'accommodent de fables et de mythes, de déraison et d'effacement, de déni et d'oubli.

Pourtant, je n'écris pas ici le livre que j'aurais pu écrire il y a vingt ans. Le temps a passé et j'ai, sinon mûri, du moins appris et compris ce qu'il en est de mon rapport apaisé à « notre histoire ». Je n'ai rien à justifier ou expliquer, prouver ou démontrer. J'aimerais juste faire partager mon voyage : entre remémoration et méditation, souvenirs et réflexions, lectures et anecdotes, ouvrir des pistes, suggérer des cheminements et des curiosités, proposer les étapes d'un itinéraire partiel et partial, donner à voir les découvertes d'une mémoire buissonnière...

« Qui tente de s'approcher de son propre

passé enseveli doit faire comme un homme qui fouille », a écrit Walter Benjamin, comparant le travail du souvenir à celui de l'archéologue. Ce n'est donc ici qu'un chantier de fouilles, librement ouvert à tous les visiteurs et à toutes les interprétations.

2
Joseph Krasny

Je me suis plus longtemps appelé « Joseph Krasny » que Lionel Jospin ne fut « Michel » pour ses camarades lambertistes.

À la Ligue, nous disions un « pseudo » ; à l'OCI, c'était un « blaze ». De l'été 1969 à l'automne 1971, ceux qui militèrent avec le futur Premier ministre, durant sa phase trotskyste la plus ouverte, le connurent sous ce simple prénom. Ayant quitté la haute fonction publique du Quai d'Orsay pour devenir enseignant, d'abord pendant un an à l'IEP de Grenoble, puis à l'IUT de Sceaux, il était alors responsable d'une « amicale » — l'appellation lambertiste de la cellule — entourée de précautions particulières, au sein d'un « rayon » dédié aux questions internationales, où elle regroupait des militants de diverses nationalités ou origines, du Brésil à Israël. D'une banalité passe-muraille, son « Michel » était plus discret que mon « Krasny ». Un choix plus professionnel quand le mien faisait amateur.

Ce fut, pour ma part, une identité en deux temps, d'abord le nom, puis le prénom. Krasny est apparu en février 1969 au détour d'un journal lycéen, *Le Tigre en papier,* au lycée Victor-Hugo d'Alger. « Joseph » a attendu le début des années 1970, quand j'ai commencé à écrire régulièrement dans *Rouge,* l'organe de la Ligue communiste. Entre-temps, j'étais passé de la pose esthétique à l'engagement politique, du potache au militant, avec, de l'un à l'autre, autant qu'il m'en souvienne, le même esprit de sérieux.

Je ne sais plus comment m'est venue l'idée de signer de ce surnom, Krasny, quelques-uns de mes articulets dans *Le Tigre en papier.* En cette année scolaire qui suivait Mai 68, c'était un bulletin ronéoté semblable à des milliers d'autres, appuyé sur l'institution toute nouvelle, concédée après la grève générale, des « foyers socio-éducatifs ». Six ans après l'indépendance, il y avait encore deux lycées français à Alger, Descartes et Victor-Hugo, ce dernier étant le plus central, tout près de la rue Didouche-Mourad (ex-rue Jules-Michelet) et non loin du tunnel des facultés. Les élèves étaient de différentes nationalités, binationaux parfois, algériens pour partie, français pour la majorité : enfants de coopérants culturels ou techniques, de pieds-noirs progressistes ou de pieds-rouges tiers-mondistes. Frustré de ne pas avoir vécu l'ébranlement de Mai, j'y animais, avec d'autres, une agitation quelque peu artificielle dont *Le Tigre* fut la première expression, vite interrompue par une radicalisation opportune dont je fus l'instigateur : un appel insolite à la grève, le 12 mars 1969, « par solidarité avec nos camarades en France et leurs professeurs » et « contre la répression et les méthodes policières en France ». Ma mémoire n'est pas si fidèle : j'ai simplement conservé le tract artisanal et anonyme confectionné pour l'occasion.

Fuite du temps, dispersion des êtres, de ce lycée algérois je n'ai su garder aucune amitié qui pourrait en raviver un souvenir complice. Il ne m'en reste que les trois numéros du *Tigre* où je reconnais mon écriture dans les titres et les illustrations, gravés manuellement sur stencils. Comparé à ce que produisait alors l'ébullition gauchiste en France, le résultat est sage, sinon mièvre. Mais, sur un mode mineur, il dit bien l'époque, ses enthousiasmes et ses générosités, ces années où la génération du baby-boom fit valoir ses impatiences, insolente et impudente, soucieuse du monde et d'elle-même, en quête de soi et des autres, ignorant ses héritages et dévalorisant ses anciens pour chercher un acte de naissance qui ne serait qu'à elle, qui ne s'autoriserait que d'elle-même. Au fil des pages s'imposent des références, banales de nos jours, où s'instituaient nos différences : André Breton et le surréalisme entrevu comme propédeutique libertaire, l'amour d'un cinéma que le marché arrogant d'aujourd'hui dirait « d'auteur », de Sergueï M. Eisenstein à William Klein, des passions musicales pour les Beatles et pour le jazz où John Lennon et Miles Davis trônaient en maîtres d'un savoir essentiel, d'autant plus attirant qu'il n'était pas académique.

« Penser, c'est avant tout vouloir créer un monde », proclame l'ultime numéro, en s'abritant derrière Albert Camus, référence logique dans ce lycée qui était un petit territoire d'entre deux mondes, butte-témoin d'une France d'Algérie alors en voie d'extinction. En couverture, la citation de l'auteur de *L'Étranger* sort de la gueule d'un tigre dont la tête est décalquée d'une affiche des Black Panthers nord-américains, tout comme le titre même de notre folliculaire s'inspirait d'une diatribe du président Mao contre les impérialistes et leurs valets. Adolescents, nos imaginaires étaient encore œcuméniques, additionnant naïvement les révoltes, sans tris ecclésiaux ni partis pris sectaires. Nous étions éminemment disponibles, ouverts aux vents du grand large, partants pour des rendez-vous improvisés. « Tout ce qui bouge n'est pas rouge », entendrai-je souvent, plus tard, dans la froideur parisienne, ironique et pertinente mise en garde que, maintenant encore, je n'arrive pas à épouser complètement. Notre jeunesse s'ébrouait alors dans une immense curiosité du monde qui se pensait radicalement nouvelle car émancipée de l'aventure coloniale, de l'esprit de conquête et de la soif de domination. Les découvertes dont nous rêvions nous semblaient libérées de tout mercantilisme : nous ne serions pas touristes, mais camarades. Notre nouveau monde serait de fraternité, nos Indes d'humanité.

Que dans cette démarche de raison se soit nichée, et pas qu'un peu, de la croyance, c'est l'évidence. Fouillant dans mes boîtes à secrets, j'ai ainsi retrouvé la trace de mon premier geste politique, en octobre 1967 — j'avais quinze ans. C'est un acte de piété. Baptême du petit groupe qui, un an et demi plus tard, allait contribuer à lancer *Le Tigre*, cette lettre collective dont je fus l'auteur, signée « Un groupe de jeunes Algériens et étrangers résidant en Algérie », était adressée à l'ambassadeur de Cuba à Alger. Au risque rétrospectif du ridicule, la voici : « Excellence, Bien que nous n'ayons pas voulu y croire jusqu'à la dernière minute, il a fallu nous rendre à l'évidence : Ernesto Che Guevara a été assassiné par les serviteurs de l'impérialisme nord-américain. Notre douleur est d'autant plus vive qu'il représente un premier pas vers un idéal maintenant réalisable. Ses actes, ses écrits sont pour nous, jeunes, un véritable enseignement car nous savons que bientôt ce sera notre rôle de "créer deux, trois, de nombreux Vietnam" et nous nous y préparons avec l'aide d'hommes comme le Che. Nous voudrions, Excellence, adresser nos condoléances à son épouse, à ses enfants, au peuple cubain et surtout à la jeunesse révolutionnaire de Cuba. Son souvenir restera toujours vivant, et nous guidera, nous jeunes ainsi que tous les peuples, sur le chemin de la liberté. »

Nous ne nous étions pas contentés de signer religieusement cette proclamation de foi. Nous étions allés la remettre en mains propres à l'ambassadeur de Cuba auprès duquel, grâce à je ne sais plus quelle relation, nous avions obtenu un rendez-vous. Je n'ai aucun souvenir de cette rencontre, sauf un, très visuel, qui s'est gravé dans l'instant comme le négatif impie du pieux cliché dont nous étions, mes amis et moi, les protagonistes : pour nous être agréables, Son Excellence l'ambassadeur ne trouva rien de mieux à nous offrir que du Coca-Cola, symbole déjà mondialisé de l'impérialisme yankee, cet ennemi juré contre lequel nous venions de faire le serment d'un combat sans relâche. Confusément, il me revient aussi que, durant les mois qui ont suivi, nous eûmes des discussions oiseuses sur le fait de savoir quelle était l'urgence pour Cuba : le rapatriement à La Havane des restes du Che ou la libération du Français détenu en Bolivie, Régis Debray ? Je crains fort d'avoir défendu la position dévote...

Bien des années plus tard, lors d'un voyage à

Cuba en décembre 1998, à la veille du quarantième anniversaire de la révolution, je me sentis soudain incapable d'expliquer clairement à ma fille, Eve, mes emballements des années 1960. Car, au musée de la Révolution de La Havane, les reliques étaient là, mortifères et lugubres, une boucle de barbe, des fragments d'habits et jusqu'au suaire : la toile du brancard sur lequel la dépouille du Che fut exposée après son exécution, en Bolivie, en 1967. En lieu et place de l'héroïsme qui nous avait requis, des vitrines poussiéreuses et des statues de pierre. Plus de révolte, mais de la sainteté. La religion d'État d'une dictature. Une sacralisation des grands morts accompagnant la mort clinique de la démocratie. Durant ce voyage, nous prîmes soin d'éviter la ville de Santa Clara qui abrite le mausolée où repose désormais Ernesto Che Guevara…

« Cette nouvelle jeunesse qui se tient la main lutte pour que tu aies le droit de défendre non tes idoles mais tes idées. » Comme en écho, je viens de retrouver cette phrase, dans le numéro deux du *Tigre en papier*, au détour d'un article qui s'en prenait à une jeunesse, la nôtre, « aux cheveux longs et aux idées courtes », enfermée dans « un culte du moi égoïste » au lieu de « vivre pour tous ». Son auteur évoquait la solitude des peuples opprimés et, surtout, la guerre du Vietnam dont on ne se souvient plus que, de l'occupation française à l'intervention américaine, elle entrait alors dans sa troisième décennie. Dans le même numéro du *Tigre*, l'un d'entre nous, un jeune Français, élève de seconde, racontant une visite en Kabylie, citait des témoignages sur les tortures commises par l'armée française dont le souvenir était encore à vif. « Et ces gens qui nous avaient accueillis avec tant de gentillesse, six ans après ! » confiait-il avant d'affirmer « ignorer dans tous ses sens le mot "racisme" et n'aimer qu'un pays : l'Univers ».

Nos naïvetés et nos illusions me semblent toujours péché véniel quand je revisite cet humanisme primitif, spontané et improvisé, qui animait l'infini souci du monde de nos adolescences.

C'est dans ce même numéro qu'apparaît pour la première fois Krasny. J'y signe de ce seul nom un article pauvret qui, dans le procès sans fin des « soixante-huitards », ferait cependant une belle pièce à conviction, sans doute au chapitre de cet « enseignement de l'ignorance » dont on nous fait porter la criminelle responsabilité. Idée générale : l'enseignement ne se fait pas qu'au sein de la salle de classe. Développement : il ne suffit pas d'être une encyclopédie vivante pour devenir un homme, car être homme c'est aussi « savoir vivre avec les autres, pour les autres ». Conclusion, à peine audacieuse : « À nous de devenir ce que ceux qui nous ont précédés ont trop souvent oublié d'être. »

L'irruption de ce pseudonyme sans mode d'emploi fut à juste titre contestée. Dans l'ultime livraison du *Tigre en papier*, un élève de troisième s'étonne du subterfuge, demande des explications et démasque cordialement son auteur, aisément reconnaissable, selon lui, parce qu'il « écrit comme il parle, avec fougue ». À bien y réfléchir, je ne suis pas certain que ce fût un compliment : ce style déclamatoire que, depuis, je m'efforce de juguler, s'accordait avec le romantisme ombrageux que j'affichais en ces années incertaines et dont je crains de ne jamais être définitivement guéri. « Crier n'est pas écrire », griffonnera en février 1971 l'éditeur Jean-Jacques Pauvert en marge d'une lettre type pour refuser mon premier — et dernier, heureusement — recueil de poèmes.

Il n'avait pas tort, la preuve : « Plenel est mort, que Krasny vive (si toutefois on lui en laisse le temps). Krasny. » Telle fut, dans le même numéro du *Tigre*, ma réponse bravache à l'ami perspicace auquel je concédais une identification judicieuse pour mieux refuser son invite à retrouver mon vrai nom. Nous étions en mars 1969, je n'avais que seize ans, je vivais à l'étranger, j'avais pour l'essentiel grandi outre-mer, j'étais en classe terminale et me préparais à passer mon bac, je ne connaissais rien des groupuscules parisiens, je prenais la pose, faisais l'averti et jouais l'intéressant, je ne savais pas encore que, avant la fin de l'été, j'entrerais en contact à Paris avec une organisation française d'extrême gauche se réclamant de Léon Trotsky, dont je n'avais rien lu; je me doutais encore moins que ce choix entraînerait la réalisation pratique de ma forfanterie et que, en effet, je ne serai que Krasny pour toutes celles et tous ceux qui me connaîtront dans les années 1970, mais mon choix était déjà fait : j'allais devenir un révolutionnaire professionnel. Un psychanalyste dénicherait sans doute des détours intimes là où je reconstruis un parcours rectiligne. La psychologie individuelle me semble pourtant un ressort second dans ce qui fut un itinéraire semblable à des milliers d'autres qui, dans les mêmes années, se sont sentis requis par la nécessité d'agir. De s'engager pour agir.

Nous vivions des temps de révolutions, de combats, d'urgence. Des temps où l'abstention, l'immobilisme, l'attentisme, la finasserie n'étaient pas de mise. Les tapis de bombes des B52 au Vietnam, l'extension de la guerre à toute l'Indochine, le printemps de Prague réprimé par les chars soviétiques, un apartheid aux allures d'éternité en Afrique du Sud, l'indépendance refusée aux colonies portugaises d'Angola, du Mozambique, de Guinée-Bissau et du Cap-Vert, les dictatures apparemment inébranlables de

Salazar et de Franco en Europe même, des pouvoirs peu ou prou militaires en Amérique latine que manipulait sans grande dissimulation la CIA, la lutte pour l'égalité des droits civiques entre Noirs et Blancs aux États-Unis, une féroce et sanglante répression anticommuniste en Indonésie, l'avènement du régime des colonels en Grèce… Partout où se posait notre regard, sur tous les continents, les raisons de se révolter nous semblaient évidentes, impératives. Mai 68, à cette aune, ne fut pas une révélation, mais juste une confirmation qui obligeait simplement à ajouter un vieux pays, la France, parmi les terres promises. Car notre échelle était d'univers, nos curiosités sans frontières, nos priorités sans patrie. Nous nous sentions convoqués par une Histoire mondiale qui s'accélérait et réclamait l'ébranlement de très vieux mondes.

En ce sens, nous n'avions pas grand mérite : nous épousions notre temps, emportés par l'un de ces cycles historiques récurrents, comme d'autres le furent avant nous sous le choc de la révolution russe et de l'espoir de sa répétition en Allemagne (le communisme), puis sous celui de la guerre d'Espagne et de la Résistance (l'antifascisme). Comme d'autres le seront peut-être demain sous l'impact d'une mondialisation des révoltes contre un règne absolu de la marchandise. Dans notre cas, la différence, qui n'est pas mineure, fut que les théâtres principaux nous étaient lointains, sinon exotiques : le cœur de l'époque battait dans ce que, en bon trotskyste, j'apprendrais à appeler la « révolution coloniale » — le tiers-monde, plus simplement, pour d'autres —, par opposition aux deux autres univers qu'elle ébranlait et contaminait, forcément — ceux de la révolution « anticapitaliste » et de la révolution « antibureaucratique ». En somme, nous lisions le monde en inventant nos propres points cardinaux, et nous ne nous y perdions pas.

Ce n'est que plus tard, quand la vague refluera logiquement, que nous aurons ce sentiment de ne plus retrouver nos repères, tout comme cela avait été le cas au creux des années 1920 ou à la fin des années 1940 pour de précédentes générations militantes. Nous comprendrons alors, souvent à nos dépens, dans le doute et la douleur, que notre internationalisme progressiste restait encore prisonnier de l'illusion d'une fin de l'Histoire, d'une vision linéaire du progrès d'où était absent son contraire que le grand géographe libertaire Elisée Reclus avait appelé le « régrès » où se nichent les ruses et les hasards, les enfers et les gouffres de la marche imprévisible de l'humanité. Mais même si, d'aventure, nous avions reçu ces lucidités en héritage plutôt que d'en faire l'expérience parfois amère, elles ne nous auraient pas été d'un grand secours. Car, à dire vrai, nous n'avions pas le choix, et d'autres, voire nous-mêmes encore, demain, ne l'aurons pas non plus. Nous vivions sous l'empire de nécessités intérieures qui ne se résumaient pas aux emballements juvéniles, à la contestation des pères ou aux rêves d'absolu, bref, à cet optimisme historique que renouvelle chaque génération. Il y entrait aussi une part de logique : quand l'événement espéré est là, le pari est de raison, d'obligation raisonnée, sans calcul de probabilités ni certitude des lendemains.

C'est en tout cas ainsi que je me revois, durant l'été 1968, à Tipasa. Ce village de bord de mer, à soixante-dix kilomètres à l'ouest d'Alger, dont Camus a dit la magie dans *Noces* et *L'Été*, était devenu mon lieu d'élection et le restera jusqu'à mon départ d'Algérie, en 1970. Tournant le dos aux passions qui m'y attachaient — notamment archéologiques : en juin 1981, j'ai revu avec émotion, dans l'entrée du musée de Tipasa, un sarcophage du Iᵉʳ siècle de l'ère chrétienne dont je suis l'un des découvreurs —, je passai le mois d'août à écrire, directement à la machine, un petit livre qui, heureusement, est resté dormir dans un de mes tiroirs. Intitulé *À qui la faute ?*, sous-titré *Essai sur les événements de mai-juin 1968 en France*, il présente en cinquante pages une sorte de démonstration mathématique à usage personnel dont il ressort que les organisations de gauche traditionnelles, le PCF notamment, ont trahi la cause des exploités en ne s'engouffrant pas dans la brèche de Mai et que, pour éviter une répétition de cette déception générale, il faut doter les révolutions futures d'une ferme direction en reconstruisant le parti révolutionnaire qui fit défaut.

Le propos est encadré par deux citations de Lénine, l'une de 1907, dénichée dans les *Œuvres choisies* en trois tomes, l'autre sans date, piquée chez Régis Debray dans ses *Essais sur l'Amérique latine* parus en 1967 chez François Maspero. « À certains moments de l'histoire, affirme la première, une lutte acharnée des masses, même pour une cause désespérée, est indispensable pour l'éducation ultérieure de ces masses elles-mêmes, pour les préparer à la lutte suivante. » « Il n'y a pas de crise révolutionnaire en soi, assène la seconde ; il n'y a de crise révolutionnaire que si les classes exploitées ont une direction, une organisation et un travail théorique et pratique. » De nos jours, cette langue froide et austère semble à beaucoup aussi étrangère qu'une langue morte. Mais, en nous efforçant de la parler couramment, nous nous inscrivions dans une histoire longue où la révolution d'Octobre n'était qu'un détour russe sur une longue route dont, en France, les bras nus de 1793 et les communards de 1871 avaient illustré les étapes. En équilibre sur plusieurs siècles, nous pensions dans le mélange des temps et des références, indifférents au péché d'anachronisme, comparant sans cesse l'incomparable par souci de ne jamais être enfermés dans une histoire nationale.

J'avoue n'en ressentir aucune honte. En revanche, ce n'est pas sans une légère confusion que je relis ce travail amateur, encombré de certitudes : il fallait ne douter de rien, et surtout pas de soi-même, pour se lancer dans l'écriture d'un libelle péremptoire sur des événements que je n'avais vécus qu'à lointaine distance, en écoutant Europe 1 et en lisant *Le Monde*. Empreint d'un culot qui était aussi d'époque, ce pensum était cependant un acte gratuit, commis pour la seule beauté du geste : la clarté de la déduction et la logique du raisonnement. Exercice appliqué, il ne cherchait l'approbation d'aucun lecteur et ne visait l'éducation que de son auteur. C'est donc ainsi que je fis mon apprentissage politique avant d'en déduire mes choix militants. Non pas dans la confrontation des expériences et des actions, mais dans une conversation avec moi-même.

L'invention de Krasny, qui fut subséquente, en est la conclusion logique : le mot est russe et veut dire « rouge ». Deux références ; une histoire, une couleur ; les bolcheviks, le drapeau ; 1917, l'éternité. On ne pouvait faire plus simple. Par ce jeu d'identité apparemment sans frais où je m'inventais moi-même comme un autre, j'annonçais mon souhait intime d'entrer dans les ordres de la révolution, de rejoindre ces cohortes d'anonymes dont les élus n'ont plus de passé — aboli —, seulement un futur — incertain. Lev Davidovitch Bronstein dit Trotsky, Vladimir Ilitch Oulianov dit Lénine : ces identités alors de légende ne m'évoquaient pas l'homme double et secret de la clandestinité, mais plutôt l'homme entier et lumineux qui fait le pari d'un monde nouveau sans l'avènement duquel son nom d'invention sombrera dans l'oubli. À défi prométhéen, auto-engendrement démiurgique. La confidence que recèle la pratique révolutionnaire du pseudonyme n'est pas forcément de précaution prosaïque, conspiratrice et comploteuse. Elle dit aussi une tradition messianique où, sous l'identité d'emprunt, se cache la prophétie secrète : un homme nouveau adviendra, un jour.

« Veillez et priez, car vous ne savez ni le jour ni l'heure… »

Au début du livre de souvenirs qu'elle a consacré en 1950 à son frère, la sœur du protestant Jean Cavaillès confie que, enfant, le futur philosophe et combattant, combattant parce que philosophe, avait été ému et troublé par cette phrase de l'Évangile. Dans les années 1960, nous fûmes nombreux, de tous âges, de tous milieux et de toutes cultures, à penser que c'était le bon jour et la bonne heure. Nous nous sentions appelés, requis, convoqués. Et nous n'avons pas manqué notre rendez-vous.

Si j'ose évoquer la haute figure de Cavaillès, c'est qu'en des temps, du moins en Europe, autrement héroïques — de grande Histoire mythologique — son cheminement ne me semble pas éloigné des raisonnements qui nous ont entraînés dans ce qui paraît, aujourd'hui, une petite histoire générationnelle. « Nous sommes en tout menés », écrivait dès 1931 Cavaillès, ce philosophe des sciences qui deviendra résistant « par logique », comme le dira superbement son camarade Georges Canguilhem, lui aussi philosophe et futur maître de Michel Foucault. À l'inacceptable, opposer de l'inéluctable. Oui, nous pensions entrer en résistance. Sans doute moquera-t-on cet aveu qui peut paraître une pose sans frais : à la vérité, en France, nous ne dûmes résister qu'au temps, à l'usure du temps. Mais il suffisait d'un déplacement dans l'espace pour que les mêmes engagements juvéniles se transforment en résistances authentiques, au péril des vies, dans la violence armée. La liste serait longue, trop longue hélas, des amis et camarades latino-américains connus à Paris, en train d'y faire leurs études ou de passage pour des réunions, dont ne nous reste plus que le souvenir.

Menés donc, tous menés, en tout menés... On l'oublie trop : loin de se vivre comme de longues vacances romantiques et excitantes, l'engagement conscient, rationnel et logique est enfant du devoir, de la rigueur et de la nécessité. Et cette nécessité oblige, contraignant à sortir de soi-même, non par aveuglement mais en toute lucidité. Fusillé en janvier 1944 après avoir posément expliqué à ses interrogateurs allemands, comme dans un entretien socratique, les mobiles de ses actes, mort en « exécutant d'une tâche essentielle », selon les mots de Canguilhem, Cavaillès fut donc à la fois philosophe et terroriste, fondateur de Cohors, réseau de renseignement et d'action directe de Libération-Sud, homme de main et philosophe mathématicien, réfléchissant à la dialectique du transfini et du continu tout en s'introduisant en bleu de chauffe dans la base de sous-marins de Lorient, organisant minutieusement des sabotages tout en écrivant sur la logique mathématique.

« Je suis spinoziste, je crois que nous saisissons partout du nécessaire, expliquait-il en 1943, à Londres, à Raymond Aron. Nécessaires les enchaînements des mathématiciens, nécessaires même les étapes de la science mathématique, nécessaire aussi cette lutte que nous menons. » Spinoza, l'ennemi juré des « passions tristes » et de ceux qui les subissent, les exploitent ou s'en lamentent — la désespérante trinité de l'esclave, du tyran et du prêtre. Loin d'être des asservissements, nos militances nous furent des échappatoires aux tristes passions d'une société qui nous semblait hors d'âge. Nous cherchions avidement dans le réel non pas de simples possibles, mais le « tout est possible » de l'événement pur, « libre de toute causalité normale ou normative », selon la formule d'un autre grand spinoziste, Gilles Deleuze, à propos de Mai 68. L'événement, expliquait-il, est une « bifurcation », qui ne saurait se ramener aux déterminismes sociaux des sociologues et aux « causalités par-après » des historiens. Et Mai, ce fut en effet, par-delà les bêtises, gesticulations et illusions d'époque, « un phénomène de voyance, comme si une société voyait tout d'un coup ce qu'elle contenait d'intolérable et voyait aussi la possibilité d'autre chose ». Si la mémoire de Mat dérange encore, tout comme dérangera peut-être l'histoire qu'ici je revendique, c'est par peur de cet instant rare où tout s'éclaire et tout s'invente, et par crainte de son éventuel retour.

Ce n'est donc pas dans la tristesse, mais tout au contraire dans la joie de la découverte que, à la fin de l'été 1969, je suis de moi-même entré en contact à Paris avec la Ligue communiste, dont j'avais rapidement croisé quelques militants en vacances à Alger. Tout comme l'invention du surnom lycéen disait déjà l'impatience du pseudonyme militant, mon cheminement solitaire ne pouvait me conduire qu'à cet endroit-là. Jugée « pabliste », « centriste » ou « petite-bourgeoise », selon les variantes de leurs langues de bois, par les autres courants trotskystes, la Ligue était pour ces raisons mêmes mon point d'arrivée logique. Fille du combat contre la guerre d'Algérie, elle posait l'anticolonialisme et l'antifascisme en valeurs cardinales, se refusant à excommunier les tiers-mondismes et les guevarismes. Façonnée par le rendez-vous de Mai dont ses fondateurs avaient accepté le pari, elle semblait peu tentée par le sectarisme et peu menacée par l'ouvriérisme où la mythologie de la classe est l'alibi de la sacralisation du parti. Enfin, ouverte à la pluralité des mouvements sociaux, elle n'était guère séduite par le soleil rouge chinois, ses bréviaires dogmatiques et ses automatismes de pensée qui m'avaient moi-même d'emblée rebuté.

En ce sens, dire que je suis alors devenu trotskyste est à la fois vrai et faux. Vrai puisque la Ligue, section française de la Quatrième Internationale, permettait de remonter au plus loin le fil historique qui fondait notre différence dans l'opposition au stalinisme et rendait intelligible notre dissidence. Faux dans la mesure où, comme j'ai tenté de le montrer, ce ne fut pas un choix de dogme théorique, mais d'évidence pratique : la Ligue communiste correspondait aux nécessités que j'avais progressivement faites miennes. C'est alors que, à Krasny, s'est ajouté Joseph, pour le plaisir des sons et l'ironie des signes — Léon aurait fait pieux, le prénom de Staline sonnait agréablement mécréant.

Contrairement à ce qu'ânonnent des légendes approximatives qui revisitent les itinéraires en fonction de notoriétés postérieures, je n'ai donc jamais été un authentique soixante-huitard. Je dus même attendre encore un an avant de découvrir, au lendemain de mes dix-huit ans, non seulement le bouillon de culture gauchiste parisien, mais tout simplement Paris, son monde et ses codes qui m'étaient radicalement étrangers. Discrète, sinon secrète, ma première vie militante fut algérienne, entre 1969 et 1970, tandis qu'à Alger, je menais de front deux premières années universitaires, l'une de licence de mathématiques, l'autre à l'Institut d'études politiques. J'abandonnerai rapidement les maths en cours de route et, plus tard, à Paris, Sciences po, sacrifiant mes études aux autres urgences que je m'étais créées et m'inventant, dans le cheminement militant, une sorte d'autodidaxie artisanale.

De cette première année universitaire, qui fut fructueuse, il me reste toutefois deux travaux personnels qui entrent en curieuse résonance avec l'évocation de Jean Cavaillès dont la philosophie, en montant vers Spinoza, avait rencontré la pensée mathématique et, plus précisément, la théorie abstraite des ensembles. L'un est une démonstration classique de la construction de l'ensemble N par les cardinaux que j'exposai oralement et dont l'université d'Alger voulut garder la trace dans un mémoire polycopié ; l'autre est une fort longue dissertation de philosophie politique sur « la pratique théorique spinoziste ou la recherche de la liberté » qui fut gratifiée d'un 17 sur 20 par le professeur, vaguement althussérien dans mon souvenir. Double chant du cygne de passions universitaires éclipsées par la passion politique. J'ai toujours eu tendance à les évoquer avec regret, comme des occasions manquées, jusqu'à ce que cet écho fortuit suggère une logique cachée, liant fermement l'abandon des unes et la rencontre de l'autre dans un enchaînement inéluctable.

Les sages le savent : pour Spinoza, après la haine, l'autre ennemi fondamental du genre humain n'est autre que le remords.

Pas de remords donc, jamais. Juste un peu de vérité et de lucidité. Mais j'aurai beau croire avoir compris, à travers le mien, ce que furent nos engagements inauguraux qui, souvent, déterminèrent la suite de nos itinéraires, ma connaissance en restera toujours incomplète et incertaine. Nos vies sont aussi tissées d'énigmes que nous classons d'ordinaire au registre du hasard ou de l'inconscient et que seule la fiction du roman ou du film réussit exceptionnellement à approcher. En 1992, par exemple, alors que j'écrivais le récit de mes déboires élyséens pour *La Part d'ombre*, Joseph Krasny s'est soudain rappelé à moi par le détour de l'arpenteur du *Château* de Kafka, Joseph K., avec lequel je m'amusais à comparer mes mésaventures. Je ne crois certes pas que le choix du pseudonyme ait inscrit un destin, mais j'aime ces mystères sans secrets, ces mystères destinés à le rester. Léon Trotsky aussi qui, au début de son autobiographie, souligne comme en passant et non sans coquetterie que le jour de sa naissance coïncide avec celui de la révolution d'Octobre. En voici un autre.

Paru en 1969, *Les Nôtres* d'Elisabeth K. Poretski devint l'un de nos livres-cultes. L'auteur y raconte la vie et la mort de son compagnon Ludwig, alias Ignace Reiss, militant communiste polonais devenu agent soviétique, qui eut l'immense courage de dénoncer les crimes de Staline en juillet 1937, dans une lettre publique où il annonçait sa décision de rallier Trotsky et la Quatrième Internationale. Un mois plus tard, il était assassiné par les agents du NKVD soviétique — « les nôtres », ce sont eux — sur les bords du lac Léman, près de Lausanne. Or, lisant ce témoignage avec retard, en 1973 dans mon souvenir, quelle ne fut pas ma surprise d'y rencontrer... Joseph Krasny. C'était ainsi que se faisait appeler l'homme qui, établi à Vienne après la Première Guerre mondiale, organisa le passage des jeunes communistes polonais dans les tout aussi jeunes services soviétiques. Pesant de toute l'autorité que lui conférait son statut de vétéran révolutionnaire, ami et disciple de Rosa Luxemburg, il emporta leurs réticences à convertir leurs idéaux militants en pratique du renseignement, réussissant à les convaincre de la nécessité de construire des réseaux secrets ayant pour finalité l'information pertinente plutôt que l'influence politique.

J'avais donc réinventé sans le savoir le pseudonyme — son vrai nom était Joseph Rotstadt — d'une discrète figure du Komintern, homme de l'ombre et chef de réseaux. Les amoureux des généalogies simples et bavardes y trouveront peut-être de quoi nourrir la version policière de nos parcours qu'ils affectionnent.

J'en retiens plus simplement que nous ne sommes jamais tout à fait contemporains de notre propre histoire.

3

De Gaulle et Trotsky

Sur le chemin d'André Malraux, avant Charles de Gaulle, il y eut Léon Trotsky. Avant le chef de la France libre, le créateur de l'armée Rouge. Avant le fondateur de la Cinquième République, celui de la Quatrième Internationale.

Le premier grand homme de Malraux fut en effet Trotsky. Du moins, le premier qu'il connut en chair et en os, en août 1933, dans une villa de Saint-Palais, près de Royan, bien nommée « Les Embruns » en ces temps peu cléments. Deux jours de conversations à bâtons rompus dont un article enthousiaste de l'écrivain portera témoignage, en avril 1934, dans *Marianne*. Comme souvent avec Malraux, les détails y font désordre : Trotsky n'a pas soixante ans quand il le rencontre, mais bientôt cinquante-quatre ; il n'est pas « gravement malade », même s'il a des soucis de santé ; il ne saurait lui avoir parlé de son *Lénine* en chantier, dont le projet naquit seulement quelques mois plus tard ; comme il n'a pu lui confier avoir raté parce qu'il était « au front » *Le Cuirassé Potemkine*, le film d'Eisenstein, qui sortit après la guerre civile, en 1925. Mais peu importe cette petite histoire, puisque c'est la grande que Malraux rencontrait enfin, faisant face à l'une de ces « vies capitales » qui n'arrêteront pas de le fasciner. Le voici donc, parlant d'égal à égal avec « l'un des derniers grands destins du monde », là, dans ce vaste bureau où un revolver sert de presse-papiers et où la présence de Trotsky, écrit-il comme on n'ose plus, « posait à la pensée l'une des plus fortes questions : le rapport du caractère et du destin ».

L'homme de lettres et l'homme d'action, l'écrivain se rêvant politique et le politique se voulant écrivain, fiançailles de la littérature et de la révolution… *Littérature et révolution* fut le titre d'un essai de Trotsky, publié à Moscou, en 1924. Politiquement, c'étaient les années décisives, celles de la maladie, puis de la mort de Lénine. Moins de quatre ans plus tard, fin 1927, Trotsky aura perdu sa bataille contre Staline qui d'abord l'exilera à Alma-Ata en janvier 1928, avant de l'expulser en Turquie, un an plus tard, puis de le faire assassiner, en 1940, au Mexique. Pourtant, au début des années 20, il prend le temps de s'interroger sur des questions secondaires, sinon futiles, à l'aune des nécessités historiques qui font les hommes de fer du devoir militant. Secondaires, vraiment ? *Littérature et révolution* est un réquisitoire contre l'idée même d'une « culture prolétarienne », à laquelle Trotsky oppose, tout simplement, une « culture humaine ».

Sur son dernier passeport soviétique, obtenu en exil au consulat d'Istanbul, Trotsky fit inscrire, à la rubrique profession, ce seul mot : « écrivain ». Ce n'était pas une posture : pour l'ordinaire, il vivait de sa plume ; et pour la politique, il n'existait plus que par la plume. Fin 1932, début 1933, l'hiver qui précéda son séjour français, il envisageait d'écrire un livre sur les relations de Marx et d'Engels dont il avait déjà trouvé le titre, trahissant des curiosités plus humaines qu'idéologiques : *Le Roman d'une amitié.*

Politique, roman : ce pourrait être l'autre intitulé de cette pérégrination indocile entre passé et présent...

En 1931, ayant lu le premier roman de Malraux, *Les Conquérants,* paru en 1928, ce n'est pas à un journal militant, mais à une revue de littérature — et pas n'importe laquelle, la *Nouvelle Revue française* —, que Trotsky adressa un article mêlant critique littéraire et discussion politique. On y lit cette réserve, qui valait prédiction : « Il manque au livre une affinité naturelle entre l'écrivain, malgré tout ce qu'il sait et comprend, et son héroïne, la révolution. » Il salua de même *La Condition humaine,* « d'un bout à l'autre une œuvre d'art véritable », publiée en 1933, l'année de leur rencontre.

Parmi les révolutionnaires qui ont fait et défait le xxe siècle, ces curiosités doublement littéraires suffiraient déjà à le distinguer.

À Saint-Palais, Malraux et Trotsky parlèrent ainsi du *Voyage au bout de la nuit* de Céline que « le Vieux », comme le surnommaient ses partisans, venait de lire, au printemps, et sur lequel il avait écrit, saisi et intrigué. Là encore, son jugement se fait pronostic, trop catégorique, mais plutôt lucide : « Céline n'écrira plus d'autre livre où éclatent une telle aversion du mensonge et une telle méfiance de la vérité. Cette dissonance doit se résoudre. Ou l'artiste s'accommodera des ténèbres, ou il verra l'aurore. » Malraux le fit rire en imitant Céline, sa voix, ses gestes. La conversation tourbillonnait, sans doute moins profonde et décisive que ne l'a pensé l'écrivain. La danse, le cinéma, la religion, les premiers chrétiens, la guerre civile et la campagne de Pologne, la guerre russo-japonaise, le communisme et l'individualisme, la situation mondiale, la mort pour finir... Immensité des thèmes, généralité des propos.

Malraux qui, déjà, en 1928, avait envisagé de monter un commando littéraire, mélange d'écrivains et de baroudeurs, d'écrivains-baroudeurs surtout, parmi lesquels les grands voyageurs Joseph Kessel, Pierre Mac Orlan et Blaise

Cendrars, pour enlever Trotsky et le sortir du Turkestan où Staline le tenait relégué, aurait pu épouser la cause du prophète désarmé, proscrit et errant. Début 1934, quand le gouvernement français décida de ne plus accorder l'asile à Trotsky, pour qui dès lors la planète sera sans visa jusqu'à ce que le Mexique, son dernier havre, accepte de l'accueillir, il n'hésita pas à prendre la parole à un meeting de solidarité, organisé par les trotskystes de la Ligue communiste — l'appellation disparaîtra rapidement, pour ne renaître qu'en 1969 — avec le soutien de militants socialistes de la gauche de la SFIO. Mais c'en était déjà fini de son « bref tropisme trotskyste », comme dit son biographe, Olivier Todd.

Pour Malraux, l'idéal restera affaire de littérature ; en politique, il sera réaliste, c'est-à-dire accommodant. Aux tenants de la clarté idéologique, il opposera l'urgence pratique. À la division, l'union — l'argument a toujours été efficace. Au nom de l'antifascisme, il se fait donc compagnon de route du PCF, à la fois lucide et empressé, de la même façon qu'il sera la plus glorieuse recrue de gauche du gaullisme d'après guerre. Durant l'été 1934, un an à peine après sa visite à Trotsky, il était à Moscou, discourant au premier congrès des Écrivains soviétiques. Par caractère, Malraux préférait les destins victorieux. Enfant de son siècle, il ne voulait pas en être l'orphelin. Politiquement discutable, humainement compréhensible.

Trotsky, lui, n'apprécia pas, et on le comprend : contre le stalinisme, c'était une lutte à mort. Quand, en 1937, auréolé par sa participation à la guerre d'Espagne, Malraux commença un périple américain, le deuxième procès de Moscou venait d'avoir lieu, en attendant le troisième, en mars 1938, celui dont Nikolaï Boukharine sera le héros tragique. Or, à peine débarqué à New York, l'écrivain-combattant déclarait : « Trotsky est une grande force morale dans le monde, mais Staline a rendu la dignité à l'espèce humaine. Et, tout comme l'Inquisition ne diminuait nullement la dignité fondamentale du christianisme, de même les procès de Moscou n'amoindrissent nullement la dignité fondamentale du communisme. » Plus tard, après son retour à Paris, André Gide le décrit en « stalinien intégral même dans la question des procès. Il traite Trotsky de fou ». Entre-temps, le fou avait pris sa plume, assassine : « Malraux, au contraire de Gide, est organiquement incapable d'indépendance morale. Ses romans sont tous imprégnés d'héroïsme, mais lui-même ne possède pas cette qualité au moindre degré. Il est officiel de naissance. »

Malraux ne devait pas être rancunier. Trente ans après, devenu ministre de la Culture, et donc officiel de la République, il convoqua une dernière fois le souvenir de Trotsky, et l'occasion n'est pas banale. Racontant dans ses *Antimémoires* sa première et décisive rencontre, en août 1945, avec de Gaulle qui lui aurait lancé, en guise d'introduction à leur conversation : « D'abord, le passé », il s'interroge : « Je tentais de tirer au clair une impression complexe : il était égal à son mythe, mais par quoi ? » Il hésite, cherche des comparaisons chez les écrivains ou les peintres, avant de trancher : « Le seul personnage que le général de Gaulle appelât alors dans ma mémoire, non par ressemblance mais par opposition, à la façon dont Ingres appelle Delacroix, c'était Trotsky. »

Le seul personnage... Invitant André Malraux à entrer au Panthéon, le 23 novembre 1996, Jacques Chirac ne s'est pas risqué à évoquer ce rapprochement qui, aujourd'hui, fait écho à sa longue cohabitation forcée avec Lionel Jospin. De Gaulle, Trotsky... Une éternité plus tard, Chirac, Jospin. L'héritier gaulliste, l'ancien trotskyste. Autres temps, autres hommes, autres dimensions... Et cependant une résonance insistante, traversant les circonstances comme si des liens mystérieux reliaient les personnages d'aujourd'hui aux itinéraires d'hier.

Le trotskysme n'est donc pas si mystérieux qu'un gaulliste ne puisse pas le comprendre. Jacques Chirac serait, par exemple, étonné d'apprendre qu'il y eut même, parmi les fidèles du général, un grand connaisseur en entrisme.

Il est vrai que ce gaulliste-là n'était pas quelconque. David Rousset se réclamait de la « gauche gaulliste » — et non pas des gaullistes de gauche, le « gaullisme » n'ayant pas, selon lui, d'essence propre —, tout en restant trotskyste dans l'âme, un trotskyste sans trotskysme, égaré en apparence, entêté en réalité, qui en gardait les traits distinctifs, soucis planétaires et inaptitude à l'inaction. En 1967, candidat gaulliste à la députation contre, dit-il, « un socialiste de droite », il fut interrogé par un journaliste sur les hommes politiques du XXe siècle qu'il admirait. Réponse immédiate : « Trotsky, Lénine, bien qu'ils se soient parfois trompés. » Trente ans auparavant, aux États-Unis, à la question de savoir quel était « l'homme exceptionnel » conduisant à « l'idéal d'une grande démocratie », André Malraux n'avait pas fait la même réponse : « Il y en a trois, Staline, Léon Blum et Franklin Roosevelt. »

De Malraux, Rousset dira que c'était « une sorte de caméléon politique », prenant toujours la couleur du milieu politique où il se trouvait. Élu en juin 1968 député UDR de l'Isère dans la Chambre de la grande peur qui suivit les événements de Mai, démissionnaire du parti gaulliste en 1971 avant d'appeler à voter pour François Mitterrand auquel il avait refusé son soutien en 1965, Rousset n'imaginait pas un instant que l'on puisse lui retourner le compliment, tant il s'inventait en solitaire son propre cheminement politique selon des critères qui remontaient à son militantisme trotskyste des années 1930.

Or David Rousset fut un des notables opposants à Léon Trotsky quand, durant son court exil français, celui-ci inventa l'entrisme. C'était en 1934, un an après l'arrivée au pouvoir de Hitler dont, pour les trotskystes, les dirigeants des partis communistes orthodoxes — les « staliniens » — étaient en grande part responsables. En 1932 encore, Staline écrivait que « la social-démocratie est l'aile modérée du fascisme », poussant les feux d'une stratégie ultra-gauchiste aux conséquences catastrophiques. Dès lors, c'est en France que tout se jouait, sur fond de mouvements revendicatifs croissants qui annonçaient les grèves de juin 1936. Convaincu avec une rare prescience que la nouvelle guerre mondiale n'était plus qu'une affaire d'années, le temps du réarmement de l'Allemagne, Trotsky cherchait une issue pour sortir ses partisans de leur extrême marginalité et tenter de peser, ne serait-ce que faiblement, sur le cours d'événements qui, pensait-il déjà, menaient droit à l'abîme. Non sans brusquerie, il leur imposa donc ce raccourci : rejoindre les organisations socialistes — la SFIO en France, ancêtre du PS actuel — dont les courants de gauche étaient « libres de tout fétichisme à l'égard de la bureaucratie soviétique», mais en agissant «drapeau déployé» afin d'y créer des regroupements radicaux.

Ce ne fut pas fait à moitié puisque cette aventure était menée sous l'étendard «Groupe bolchevik-léniniste» de la SFIO — les «béhels», disait-on —, au regard duquel l'actuelle gauche socialiste du PS ferait sans doute pâle figure. Au bout d'un an à peine, les résultats étaient tangibles — recrutements nombreux sur des bases explicites, responsabilités obtenues aux Jeunesses socialistes et à la Fédération de la Seine, bonnes relations avec Marceau Pivert et ses amis —, quand Trotsky imposa un nouveau changement de cap, motivé par la perspective des Fronts populaires, français et espagnol, et la conversion des communistes à une politique d'alliance avec les socialistes : une sortie groupée en vue de l'affirmation d'une organisation autonome.

Bref, soufflant le chaud et le froid, passant brusquement d'une intelligence pessimiste des événements à la volonté optimiste d'en renverser le cours, Trotsky donna le tournis à ses partisans qui se divisèrent de plus belle. Connu des spécialistes sous l'appellation de «tournant français», cet épisode restera comme le traumatisme d'enfance du trotskysme hexagonal. Soit qu'ils aient été contre l'entrée soudaine chez les socialistes, soit que, ensuite, ils aient été opposés à une sortie si rapide, la plupart des militants furent, à un stade ou à un autre, en opposition avec «le Vieux». De cette expérience, certains gardèrent des liens durables avec les tendances de gauche de la social-démocratie française, tandis que d'autres y gagnèrent des compétences manœuvrières et un goût prononcé des appareils.

Avant et après, à l'entrée et à la sortie, David Rousset fut contre, et probablement n'avait-il pas tort. Mais, pendant, il se comporta en militant fort loyal et très discipliné : il fut carrément le chef de la fraction trotskyste dans les Jeunesses socialistes. Il arrive que l'Histoire nous nargue, et c'est plaisant : la première période entriste du trotskysme français compta parmi ses animateurs un futur gaulliste. Il est vrai que ce ne fut pas sans mal : ayant fait convoquer le récalcitrant dans son nouveau refuge français — il n'était plus à Saint-Palais, mais à Domène, dans l'Isère —, Trotsky dut recourir à tous ses talents de persuasion et à tous ses moyens de séduction pour convaincre ce jeune camarade qui n'avait que vingt-deux ans. Ce n'était pas un commode et, pourtant, à la fin des années 1980, racontant la scène à son biographe, Émile Copfermann, Rousset était encore éperdu d'admiration : «Le Vieux avait le don merveilleux de savoir expliquer... Pour expliquer sa stratégie, celle qu'il proposait, l'entrée au Parti socialiste, il utilisait son expérience politique, celle de la révolution russe, toutes ses phases, etc. Si bien que, en sa présence, on avait l'impression de vivre l'Histoire... J'étais arrivé chez Trotsky pour défendre, face à lui, une position que j'estimais juste. Je suis reparti convaincu du contraire. Il avait raison. Il fallait, durant cette période cruciale, être dans un parti de masse. »

« Cependant, l'entrisme n'était pas une fin en soi », ajoutait-il, mise en garde pertinente que peuvent aujourd'hui méditer à loisir tous les valeureux militants lambertistes envoyés par l'OCI sous-mariner au PS dans les années 1970 et 1980 sans autre perspective que d'occuper des places et des postes. Dans le cas des « béhels », l'aller-retour fut expéditif, par la volonté de Trotsky certes, mais non sans l'aide des dirigeants socialistes que cette aile d'extrême gauche montante inquiétait à la veille de perspectives gouvernementales. Avant l'exclusion de ses principaux animateurs, Léon Blum tenta de retenir les plus jeunes, en utilisant une arme qui resservira : l'ambition. « Vous êtes notre jeunesse, vous êtes nos cadres, c'est vous qui allez être les cadres de l'État français qui vont constituer les assises du prochain gouvernement », leur dit-il selon le récit qu'en fait David Rousset, principal destinataire de ce discours tentateur. Il refusa, bien sûr, arguant que entrer au gouvernement ou faire la révolution, ce n'est décemment pas une alternative.

Un optimisme révolutionnaire que, sur ses vieux jours, il ne regrettait pas, même s'il persistait à penser que ce brusque départ de la SFIO fut une erreur. Au fond, le futur trotsko-gaulliste serait bien resté entriste chez les socialistes… « Hegel note quelque part que tous les grands événements et personnages historiques surviennent pour ainsi dire deux fois. Il a oublié d'ajouter : une fois comme grande tragédie et la fois d'après comme misérable farce. » Devenue lieu commun, la réflexion de Marx, dans *Le 18 Brumaire de Louis Bonaparte*, ce chef-d'œuvre d'écriture automatique de l'histoire, reste d'actualité : la farce de l'entrisme nous sera réservée alors que ses pionniers courraient à une tragédie dont Rousset sera l'incomparable témoin.

Dans la vie de David Rousset, qui se définissait comme « un militant à l'échelle du monde », cet épisode franco-français ne fut en effet qu'une péripétie. Militant trotskyste clandestin, arrêté en octobre 1943, déporté politique, il revint du camp de Buchenwald, en 1945, « vieil enfant ridé, petit tas d'os », selon les mots de Maurice Nadeau, qui fut son ami et camarade. Mobilisant toutes ses faibles forces, il s'empressa alors d'écrire. Ne pas attendre, ne pas oublier, ne pas effacer. Écrire, écrire encore pour penser l'impensable, raconter l'irracontable, expliquer l'inexplicable. *L'Univers concentrationnaire*, prix

Renaudot 1946; *Les Jours de notre mort*, 1947; *Le pitre ne rit pas*, 1948. Trois livres en trois ans où le peuple nu des camps est rendu à son humanité, trois maîtres livres dont Hannah Arendt sera tributaire dans sa réflexion sur le totalitarisme.

Rousset aurait pu s'arrêter là; militant, déporté, survivant, témoin, après tout cela suffisait bien. Non, le 12 novembre 1949, il publiait, dans *Le Figaro littéraire*, un « Appel aux anciens déportés des camps nazis », signé de lui seul et titré « Au secours des déportés dans les camps soviétiques ». Il leur demandait de le rejoindre pour constituer une commission d'enquête sur l'existence d'un univers concentrationnaire en URSS. « Nous ne parlons pas de l'injustice en général, mais de cette injustice précise qu'on nomme concentrationnaire », écrivait-il. D'avoir survécu aux camps nazis, disparus, le rendait comptable des camps existants, soviétiques.

Le trotskysme comme culture, être hétérodoxe au monde et aux autres, ce pourrait être aussi cela : ce donquichottisme, ce pari qui anticipe, ce sentiment d'urgence qui, s'émancipant des raisons de parti, d'État ou de classe, préserve le futur en sauvant le passé. Cet effort contre soi-même et les autres ne va jamais de soi, et il n'est pas mauvais de s'en souvenir. « Pourquoi M. David Rousset a-t-il inventé les camps soviétiques ? » rétorqua Pierre Daix alors communiste (« matricule 59807 à Mauthausen», précisait le titre), dans *Les Lettres françaises*, le journal d'Aragon, dénonçant «une campagne de préparation à la guerre». Maurice Merleau-Ponty et Jean-Paul Sartre, signant l'éditorial des *Temps modernes*, n'hésitèrent pas à le titrer «Les jours de notre vie», façon de faire comprendre qu'il fallait choisir son camp, fût-ce dans l'oubli des camps de la mort : «Quelle que soit la nature de la présente société soviétique, l'URSS se trouve grosso modo située, dans l'équilibre des forces, du côté de celles qui luttent contre les formes d'exploitation de nous connues... D'où nous ne concluons pas qu'il faut montrer de l'indulgence au communisme, mais qu'on ne peut en aucun cas pactiser avec ses adversaires.»

Rousset ne pactisait pas : en décembre 1954, le premier des bulletins de la Commission internationale contre le régime concentrationnaire (CICRC) contient un dossier sur les arrestations arbitraires et la négation des droits de la défense dans l'Espagne de Franco; les cahiers *Saturne*, qui leur succèdent en janvier 1956, s'ouvrent non pas sur l'URSS, mais sur la France avec «Un premier dossier sur la répression en Algérie». Devenu député gaulliste, ce franc-tireur alla jusqu'à réclamer, en mars 1969, dans les colonnes du *Monde*, un «programme national de transition», revendication qui évoquait implicitement le texte fondateur de la Quatrième Internationale, le fameux « Programme de transition » rédigé par Trotsky lui-même.

Les curiosités de David Rousset restaient inchangées. Cinq ans plus tôt, en 1964, il était allé à la rencontre d'Ernesto Che Guevara à Cuba, sous le prétexte d'un reportage. Accompagnant le Che un samedi soir, avec des fonctionnaires de son ministère de l'Industrie, à une séance de « travail volontaire », il l'entendit lui dire : « Le parti que nous voulons construire sera le parti du sacrifice ! » « Les mots ne sonnaient pas avec dérision, écrivit Rousset à son retour. Ils étaient compacts et vrais... Ce n'est pas sans une certaine angoisse que je l'entendais. La vérité a ce don de communiquer la sympathie et l'amitié. Et, cette nuit-là, Che Guevara était vrai. Cependant, je savais qu'il se trompait. J'avais avec moi l'amère expérience de l'Histoire. Je savais que cette ferveur intérieure et cet irréalisme stratégique devaient conduire à d'inéluctables débâcles. »

Par réalisme stratégique, il fut donc apparemment gaulliste. Gaulliste selon l'étiquette, mais à gauche de la gauche dans sa tête. Invité à décliner son gaullisme, il évoquait l'amitié avec le tiers-monde, l'opposition à la guerre du Vietnam, la décolonisation quand « les socialistes avaient été les hommes de la colonisation jusqu'à la dernière minute ». Contrairement à Malraux, il fut « avec les étudiants » en mai 1968, proclamant même, à la face d'une majorité parlementaire conservatrice dont il partageait pourtant les suffrages, que de Gaulle lui avait dit, « huit jours avant les événements de Mai », ceci qui ne manque pas de toupet : « Il faut condamner expressément le régime capitaliste. »

L'épisode des années 1930 n'était peut-être pas si secondaire. À la vérité, David Rousset fut entriste chez les gaullistes comme il l'avait été chez les socialistes, drapeau déployé, sans ruse ni dissimulation. Durant la seule législature où il siégea à l'Assemblée nationale, il passa l'essentiel de son temps à rédiger son avant-dernier livre, *La Société éclatée*, dont les ultimes lignes sont un manifeste en défense des révoltes logiques. Elles sont fraîches et vives et, aujourd'hui encore, nous devrions pouvoir les comprendre : « L'intelligence théorique et la détermination stratégique sont nécessaires à la révolution. Elles n'en constituent pas la puissance vivante et créatrice. La révolte est au commencement. La révolte est à la fin. Le refus de la société. De son scandale et de ses ignominies. Le refus d'accepter. Toute l'intelligence du monde ne saurait remplacer cette indignation qui mobilise l'être entier. Cette vigilance exacerbée contre la révolution elle-même dans son accomplissement. Cette merveilleuse insatisfaction de l'adolescent. Cette folie de la vérité et de la justice, du dieu inconnu qui l'habite. Voilà ce qu'il faut tenir éveillé contre l'érosion du temps. Puissions-nous maintenir intacte cette ferveur jusqu'au jour de notre mort. »

Décidément, cet homme-là n'était pas raisonnable. Hélas, nous l'avons manqué, de même que la plupart des autres figures de ce trotskysme originel que, en nos années militantes, nous ignorions superbement. Nous nous comportions comme des héritiers ingrats, sans reconnaissance ni curiosité, n'allant pas chercher au-delà de nos frontières partisanes, n'interrogeant même pas ceux qui — tel l'ami Jean-René Chauvin, autre trotskyste rescapé des camps de la mort, connu à la Ligue et jamais perdu de vue — portaient auprès de nous le témoignage de cette génération fondatrice. Le fil d'une mémoire active était là pourtant, sous nos yeux : Pierre et Luc, deux des trois fils de David Rousset, militaient avec nous. Pierre fut — et est encore — un dirigeant de la Ligue, deux fois emprisonné, après Mai 68 et après la dissolution de 1973 ; Pierre au courage physique légendaire, capable aussi d'imiter le chant des oiseaux les plus divers et devenu, par le détour du Front Solidarité Indochine (FSI), amoureusement passionné de l'Asie du Sud-Est.

Marc, Pierre et Luc, je les revois encore tous trois, cet après-midi de décembre 1997, au crématorium du Père-Lachaise, lors du dernier adieu à leur père, s'agitant maladroitement dans un ballet filial émouvant, pendant qu'étaient lus des passages des *Jours de notre mort.* Nous n'étions pas si nombreux, en tout cas moins que nous aurions dû. Empruntées, les seules paroles marquées d'une certaine officialité furent prononcées par Alain Krivine, au nom de la LCR dont David Rousset ne fut jamais membre. Il n'y eut pas d'hommage gaulliste…

« À mes fils, Marc, Pierre et Luc », telle est la dédicace de *La Société éclatée.* Trois saints, Pierre, premier des apôtres et premier évêque de Rome, Marc et Luc auxquels on attribue, respectivement, le deuxième et le troisième Évangile. David Rousset a grandi dans le protestantisme, mais un protestantisme particulier qui évoque certains milieux juifs croyants : ses deux grands-pères firent fonction de pasteurs dans des communautés darbystes où l'étude de la Bible n'est pas seulement centrale, mais est censée apporter des réponses aux problèmes de la vie quotidienne. Non sans lucidité, il confiait à la fin de sa vie que, « même après avoir rompu » avec cette éducation, il en avait gardé « la même hiérarchie de valeurs » : « Les questions spirituelles étaient majeures, tout devait y être subordonné. » Robert Jospin, le père de Lionel, grandit aussi dans une famille protestante très pratiquante où, comme chez les Rousset, on apprenait à lire dans la Bible. Son propre père fut évangéliste et lui transmit ce sentiment aigu d'une foi minoritaire qui, loin d'être de simple convention, devenait une conduite.

L'histoire dont je témoigne ici est peut-être plus longue que je ne me l'imagine. S'il y a du temporel dans la vie de parti, souvent ordinaire, parfois mesquine, il y a du spirituel dans l'engagement. Un pari profane qui rappelle le pari pascalien sur Dieu.

« Nous ne savons pas ce qu'il en adviendra » : emprunté à une proposition de Nietzsche, c'est d'ailleurs le titre d'un des chapitres du *Portrait de l'aventurier* de Roger Stéphane dont la figure essentielle est André Malraux. Stéphane et Rousset se connaissaient et s'appréciaient. Ils firent ensemble un voyage en Allemagne, en 1947 : refusant les commodités chauvines, l'ancien déporté Rousset tenait absolument à retrouver des Allemands antinazis connus dans les camps ; infiniment soucieux du monde, l'ancien résistant Stéphane était devenu journaliste pour justifier ses curiosités.

Je ne sais s'il faut y voir l'écho de leurs conversations, mais toujours est-il que le livre de Stéphane évoque également, en résonance avec le personnage de Malraux, la figure tourmentée de T. E. Lawrence au fil d'une lecture des *Sept Piliers de la sagesse*. Or, quand les troupes allemandes sont arrivées aux portes de Paris, en 1940, David Rousset et sa compagne, Sue, partirent le jour même avec pour tout bagage deux livres qui n'étaient ni de Trotsky, ni de Marx ou de Lénine : l'*Ulysse* de James Joyce et *Les Sept Piliers de la sagesse*, en anglais et en français. « Parmi tout ce que nous possédions, c'était ce qui nous semblait le plus précieux », commentait Rousset, à la fin de sa vie, dans son ébauche d'autobiographie.

Partagé entre deux maîtres, deux fidélités, les intérêts britanniques et la cause arabe, Lawrence d'Arabie avait souffert de cette « fraude épuisante » dont il avait dû faire son « ordinaire spirituel ». « Faire partie du désert, a-t-il écrit, c'était s'engager dans un combat fatal et jamais clos contre un ennemi qui n'était pas le monde, ni la vie, ni rien, mais l'espoir lui-même : ce que l'humanité appelait l'échec était la liberté accordée par Dieu. » En exergue de son *Portrait de l'aventurier*, Roger Stéphane a placé une autre citation des *Sept piliers* qui aurait pu convenir, ici même : « Tous les hommes rêvent, mais pas également. Ceux qui rêvent la nuit dans les replis poussiéreux de leurs pensées s'éveillent le jour et rêvent que c'était vanité : mais les rêveurs de jour sont des hommes dangereux, car ils peuvent agir leur rêve avec les yeux ouverts, pour le rendre possible. »

Rêveurs de jour, nous aurions sans doute aimé devenir des hommes dangereux.

4
Ce qu'il cache

« Un homme n'est pas ce qu'il cache, il est ce qu'il fait »...

Quand il fut confronté à Léon Trotsky, l'alibi de Lionel Jospin fut André Malraux. Avant de finir par rencontrer son passé trotskyste à la croisée de son caractère et de son destin, le Premier ministre socialiste a beaucoup nié et un peu louvoyé. En mars 1995, lors de sa première compétition avec Jacques Chirac pour le siège présidentiel, il avait d'abord menti : « Je n'ai jamais été trotskyste », assurait-il au *Monde*, prétendant qu'il s'agissait d'une « rumeur » née de la « confusion » avec son frère cadet, Olivier, cadre dirigeant de l'OCI jusqu'au début des années 1990. Puis, en juillet 1997, confronté aux premiers témoignages sur cet engagement lambertiste, il avait préféré l'esquive littéraire au mensonge grossier. Et c'est Malraux, l'officiel de naissance, qu'il avait appelé à son secours, citant une maxime qu'il attribuait à l'admirateur de

Trotsky devenu chantre du gaullisme : « Un homme n'est pas ce qu'il cache, il est ce qu'il fait. »

Il fallut attendre juin 2001 et des révélations de presse pour que les milieux prétendument informés et avertis admettent l'évidence : l'alibi ne tenait pas. Nul besoin pourtant de longues vérifications : il suffisait de demander son avis à Malraux. La phrase invoquée par Lionel Jospin ne se trouve nulle part dans l'œuvre de l'écrivain. Elle est en fait la contraction d'un dialogue qui figure dans *Les Noyers de l'Altenburg*, le dernier roman de Malraux, écrit pendant la drôle de guerre, dont le théâtre est la Première Guerre mondiale et qui devait inaugurer une série intitulée *La Lutte avec l'ange*. Il s'agit d'un échange sur la mort et, plus précisément, sur un suicide, sans motif apparent. Une discussion entre deux hommes, Walter et Berger, sur ce qui peut conduire l'un d'eux à mettre fin à sa vie. « Pour l'essentiel, l'homme est ce qu'il cache… Un misérable petit tas de secrets », avance Walter. Non, « l'homme est ce qu'il fait », rétorque Berger. « Par tempérament, poursuit Malraux, ce qu'il appelait la psychologie-au-secret, comme il eût dit le vol-à-la-tire, l'exaspérait. À supposer que le suicide eût une "cause", cette cause, fût-elle le plus banal ou le plus triste secret, était moins significative que la strychnine et le revolver — que la résolution par quoi il avait *choisi* la mort, une mort qui ressemblait à sa vie. »

« Singulier homme d'action, toutefois, qui va au-delà de l'action chercher sa liberté », commentait Roger Stéphane dans son *Portrait de l'aventurier* à propos de ce Berger qui, du suicide, ne veut voir que l'acte seul, transformant dès lors la mort en victoire. Mais il ajoutait que, dans ce passage, Malraux a pressenti ce « qui constitue en vérité le ressort essentiel de l'aventure dérisoire : ici la littérature cesse et le tragique commence ». Homme d'action lui-même, longtemps abrité sous ce camouflage qu'on nomme ordinairement journalisme, Roger Stéphane a mis fin à ses jours, digitaline et revolver, en décembre 1994.

Je ne sais si Lionel Jospin se serait risqué à cette référence s'il en avait connu le contexte exact. « Un homme est ce qu'il fait » : en l'espèce, l'homme n'est que son suicide, son libre choix de mourir. Pour mieux faire comprendre la psychologie de son héros, Malraux précisait : « Ce qui avait délivré Vincent Berger (au moment où le mythe exsangue qu'il avait servi achevait de mourir), c'était l'humiliation. » Lisant cette phrase, je me demande soudain si, loin d'être hasardeuse, la référence jospinienne n'était pas, au contraire, très précise, dissimulant en sous-texte ce que Malraux inscrivait entre parenthèses : « le mythe exsangue qu'il avait servi... »

L'un des commentateurs de l'œuvre de Malraux, Lucien Goldmann, n'a-t-il pas avancé l'hypothèse que, sous l'apparente défense d'une nouvelle conception de l'homme, « le véritable sujet » des *Noyers de l'Altenburg* était les raisons qui ont poussé Malraux « à abandonner le mouvement et l'idéologie communistes » ? Il m'amuse de penser que, consciemment ou à son insu, je ne sais, la défausse maladroite de Lionel Jospin ait pu cacher un semblable message codé sur son éloignement du trotskysme.

Malraux n'était pas vraiment fait pour la clandestinité. Son pseudonyme de résistant, puis dans la brigade Alsace-Lorraine, fut tout simplement « Berger », « colonel Berger ». Heureusement pour lui, ses ennemis, nazis ou collabos, n'avaient pas lu *Les Noyers de l'Altenburg*. Mais, depuis, le malentendu s'est installé : Berger, c'est lui et donc « l'homme est ce qu'il fait » aussi. Il faudra attendre ses *Antimémoires*, en 1967, pour en avoir le cœur net. « J'ai vécu jusqu'à trente ans parmi des hommes qu'obsédait la sincérité », y confiait-il au tout début, se référant à ses années les plus radicales — il eut trente ans en 1931. L'officiel qu'il était devenu n'y croyait plus, ou moins. Il refusait les confessions, détestait la propension moderne à l'aveu intime, utilisait l'action — ou plutôt son souvenir — comme une protection : « L'intérêt de l'action, sauf lorsqu'elle s'élève à l'histoire, est dans ce qu'on fait et non dans ce qu'on dit. Je ne m'intéresse guère.» Posture évidemment, patiemment construite. Mais non pas imposture, tant s'y laisse entrevoir la vérité d'une contradiction intime. Malraux le sait si bien qu'il dément par avance les sollicitations abusives dont il fera l'objet : «Il est admis que la vérité d'un homme, c'est d'abord ce qu'il cache, écrit-il encore. On m'a prêté la phrase d'un de mes personnages : "L'homme est ce qu'il fait!" Certes, il n'est pas que cela; et le personnage répondait à un autre, qui venait de dire : "Qu'est-ce qu'un homme? Un misérable petit tas de secrets..."»

C'est peu dire que l'alibi de Jospin n'était pas solide : Malraux lui-même ne pensait pas sérieusement ce que le Premier ministre lui avait attribué. Il ne croyait pas qu'un homme n'est que «ce qu'il fait», que ce qu'il donne à voir par ses actes, même s'il aimait appeler Hegel à la rescousse, citant une phrase de la *Phénoménologie* : «L'histoire de l'esprit, c'est son action, car il n'est que ce qu'il fait.» Car, au-delà de cette apparence, les profondeurs humaines offrent bien des nuances dignes de curiosités avant d'atteindre les tréfonds intimement secrets; «quelques traits, précisait-il à son propre propos dans ses *Antimémoires*, qui expriment moins un caractère individuel qu'une relation particulière avec le monde». Nous y sommes : loin de devoir être relégué dans un sombre placard à misérables secrets, le passé trotskyste de Lionel Jospin méritait la pleine lumière d'une active relation au monde.

Pourquoi diable, à la fin du XXe siècle, s'être entêté à cacher une jeunesse trotskyste ? Après tout, avoir été antistalinien avant l'heure, quand bien d'autres s'aveuglaient, peut aisément passer pour un signe de lucidité précoce. Le recours à ce menteur magnifique que fut André Malraux, grand arrangeur de biographie dont la tentation stalinienne est, de surcroît, établie, était à la fois un contresens historique et une échappatoire provisoire. En son for intérieur, Lionel Jospin savait qu'un jour ou l'autre il lui faudrait affronter ce secret dans lequel il s'était lui-même enfermé. Car ce mensonge contredisait tout ce sur quoi il avait publiquement fondé sa renaissance politique, au début des années 1990, dans la critique du mitterrandisme et de sa part d'ombre.

« On voudrait rêver d'un itinéraire plus simple et plus clair » : son commentaire, en 1994, des révélations sur le passé vichyste de François Mitterrand lui devient opposable dès lors qu'il se refuse à faire toute la lumière sur son propre itinéraire. Un an plus tôt, il avait déclaré à *Libération* à propos de l'exercice du pouvoir par les socialistes : « Notre passé n'est pas derrière nous, il pèse toujours. Pour que notre parole retrouve sa force, il faut être clair par rapport à ce passé. » « Avec Lionel Jospin, c'est clair », allait jusqu'à proclamer le slogan de sa campagne présidentielle en 1995. En mai 2001, quelques jours avant de devoir admettre à demi-mot avoir menti sur son passé, il jouait encore de ce registre éthique quand, évoquant l'élection présidentielle à venir, il confiait au *Figaro magazine* : « J'espère que, le moment venu, les Français choisiront une forme de vérité et d'authenticité. » L'écrivain Malraux avait certes la formule audacieuse, sinon heureuse. Mais, dans les vies réelles, forcées d'échapper à la fiction, ce n'est pas si simple, la preuve : ce que cache un homme peut démentir ce qu'il fait.

De plus, cacher ce qu'on fut, c'est taire ce qu'on fit. La réponse de Lionel Jospin était aussi fragile qu'un tigre en papier : en reconnaissant avoir tu un passé idéologique dont on ne voit pas ce qu'il aurait de honteux, il laissait percevoir que, en fait, c'est la réalité pratique de cet engagement militant qui lui posait problème. En proclamant n'être que « ce qu'il fait » au présent, il concédait n'être pas trop fier de ce qu'il fit dans le passé. Invité à commenter sur Europe 1 la phrase de Malraux, le lendemain des révélations du *Monde* sur son militantisme lambertiste, il tenta d'échapper à cette contradiction en se lançant dans une étonnante plaidoirie littéraire : «J'ai toujours été en littérature autant intéressé par le roman américain, qui est le roman du comportement, que par l'introspection qui caractérise le roman français ou anglais. Et, dans la vie sociale et politique, je crois que ce qui est important, c'est ce qu'on fait, ce que l'on construit, ce qu'on assume, ce n'est pas ce qu'on pense aussi en secret, parce que là, c'est le lieu de l'intimité, du privé.»

Sous nos latitudes tempérées, la figure est inédite : le trotskysme comme secret intime et pensée cachée. L'ancien premier secrétaire du PS, devenu Premier ministre de la gauche plurielle, aurait donc longtemps pensé trotskyste et agi socialiste. Au «Je pense, donc je suis» de Descartes, il faudra désormais ajouter le «Je pense, donc je ne suis pas» de Jospin.

Pour un ancien trotskyste maîtrisant ses classiques, ce dédoublement est incompréhensible. Dans sa geste inaugurale, le trotskysme se définit par opposition au stalinisme non pas seulement comme une divergence d'orientation ou de ligne, mais surtout comme un affrontement de valeurs. Quand l'URSS se construit dans l'absolue mystification totalitaire, l'histoire revisitée, les biographies arrangées, les photographies trafiquées, la manipulation des foules, le culte de la personnalité, le théâtre sinistre des procès, l'invention des complots, la mise en scène des aveux, bref, dans une totale fiction politique dont le récit n'est que propagande avalée sans grande réticence par la plupart des chancelleries et des journaux occidentaux, les infiniment rares qui rejoignent Léon Trotsky dans son exil sont d'abord mus par la conviction d'opposer la vérité au mensonge.

Trotsky lui-même se fait à la fois historien, biographe et diariste pour ne pas perdre le fil de l'intelligibilité des faits et des circonstances, des débats et des personnages, des événements et des idées. Il écrit son *Histoire de la révolution russe*, mais aussi *Ma vie*, transformant son propre itinéraire en argument et démonstration avant de s'y risquer avec les vies de Lénine et de Staline, tout comme il lui arrivera de tenir un *Journal d'exil* où se laissent lire des interrogations intimes et douloureuses sur le tumulte révolutionnaire, par exemple à propos de la décision de faire exécuter le tsar et sa famille, prise par Lénine en son absence — il était au front —, qu'il raconte, discute et assume à la fois. Formés à son école, ses compagnons d'errance refusent la schizophrénie politique des communistes restés fidèles à Moscou dont, plus tard, les récits de vie montreront combien ils étaient dédoublés, s'aveuglant en connaissance de cause et se dissociant de leur propre conscience.

Être trotskyste, dans les années 1930, c'est donc penser ce qu'on fait et faire ce qu'on pense, et non pas penser politiquement en secret. À tel point que le premier mot qui vient à l'esprit des jeunes trotskystes français quand il s'agit de trouver le titre de leur journal est celui, aussi ambitieux qu'ambigu, de vérité. Pour les encourager, Trotsky leur écrira ceci : « La politique du communisme ne peut que gagner à exposer dans toute sa clarté la vérité. Le mensonge peut servir à sauver les fausses autorités, mais non à éduquer les masses. C'est la vérité qui est nécessaire aux ouvriers comme un instrument de l'action révolutionnaire. Votre hebdomadaire s'appelle *La Vérité*. On a assez abusé de ce mot, comme de tous les autres d'ailleurs. Néanmoins, c'est un nom bon et honnête. La vérité est toujours révolutionnaire. Exposer aux opprimés la vérité de leur situation, c'est leur ouvrir la voie de la révolution. »

Lionel Jospin connaît fort bien cette citation puisqu'elle a longtemps figuré en exergue de… *La Vérité*, la revue théorique de son ancienne organisation, l'OCI. Quand, le 5 juin 2001, à l'Assemblée nationale, il se résout à confirmer son trotskysme passé, c'est d'ailleurs sur ce registre qu'il conclut son intervention, par une sorte d'injonction morale : « J'invite chacun, sur tout sujet, à donner sa vérité. » En l'espèce, la vérité jospinienne se refuse aux vérités, à tous ces détails, précisions chronologiques et petits faits vrais qui donnent chair et sens à une histoire. Depuis cette journée de juin, il n'a pas souhaité aller au-delà de ce qu'il avait alors confié : « Il est vrai que, dans les années 1960, j'ai marqué de l'intérêt pour les idées trotskystes, et que j'ai noué des relations avec l'une des formations de ce mouvement. Il s'agit là d'un itinéraire personnel, intellectuel et politique, dont je n'ai en rien, si c'est le mot qui convient, à rougir. » Tout au plus, sur Europe 1, le lendemain, concéda-t-il « une lente évolution », un « processus » qui l'amena à avoir encore « des contacts, des discussions individuelles » avec le monde du « lambertisme » jusque dans les années 1980, soit bien après son adhésion au Parti socialiste.

« Je ne suis pas de la culture de la confession », oppose-t-il alors aux questions plus insistantes sur les raisons de son mensonge passé qu'il préfère qualifier de « dénégation ». Après le détour littéraire, la référence protestante. Invité à y revenir, le 9 juillet 2001, à la télévision, il refusera sèchement de s'étendre : maintenant que « c'est fait » — ou plutôt que c'est dit —, « je crois que les choses sont claires ». En d'autres termes : j'admets, j'assume, mais je ne ressens pas le besoin d'en dire plus ni la nécessité de m'en expliquer. À peine avait-il entrouvert la porte de son placard à mémoire que Lionel Jospin la refermait, revenant au précepte faussement attribué à Malraux : peu importe mon passé trotskyste, seul compte mon présent socialiste.

Je pense, donc je ne suis pas... Le dédoublement est tenace : Lionel Jospin a beau proclamer qu'il n'a pas à rougir de son passé trotskyste, toute son attitude, de son mensonge d'hier à ses silences d'aujourd'hui, témoigne du contraire. La clé de cette gêne n'est évidemment pas le trotskysme, mais l'entrisme. Le problème n'est pas l'héritage idéologique, mais la pratique politique. Dans sa longue fréquentation du lambertisme, qui s'étend de 1963 à 1986-1987, soit près d'un quart de siècle, Lionel Jospin n'a jamais été un militant public de l'OCI. Ce ne fut pas un choix, mais une contrainte. Non une décision, mais une conséquence, l'enchaînement de résolutions qui ne furent pas seulement les siennes.

À sa façon, il fut lui aussi mené — pour reprendre le mot de Cavaillès — et, dès l'origine, intimement travaillé par cette contradiction entre sa pensée et ses actes, ses convictions et ses arrangements, ce qu'il cachait et ce qu'il faisait. Les personnalités les plus raides ne sont pas les moins déchirées, bien au contraire : elles se corsètent pour masquer ce que, de tout leur être, elles savent essentiel et qu'elles redoutent en permanence de montrer à leur insu, en relâchant leur vigilance. J'échafaude avec les moyens du bord — ce que je sais et ce que je sens —, mais il me semble qu'il y a, nichée dans les recoins de cette histoire, comme une honte rétrospective, la gêne de n'avoir pas su être tout à fait soi-même, le remords de n'avoir pas réussi à accorder ensemble deux vies parallèles qui, au bout du compte, ne furent pas harmonieuses.

Je brode, j'imagine, je remplis des silences. C'est une façon comme une autre d'essayer de comprendre. « Ni rire ni pleurer, comprendre » : Trotsky n'arrêtait pas d'asséner la devise spinoziste à ses partisans. Comprendre donc.

Comprendre avant de juger, expliquer avant de condamner. J'écris ces mots comme pour m'en convaincre tant il me faut ici penser contre moi-même.

De mes années militantes, j'ai gardé une image du lambertisme qui ne souffre pas la discussion. Bien que se réclamant elle aussi du trotskysme, l'OCI incarnait l'exact envers de nos engagements, sorte de négatif des valeurs et des principes auxquels nous pensions donner corps. Quand nous affirmions notre refus de dissocier les moyens des fins, une exigence de vérité dans notre rapport aux autres organisations et une tension éthique du politique jusque dans nos débats internes, ses militants nous paraissaient vivre la politique en professionnels, dans un détachement des contingences morales et dans l'affichage complaisant d'un cynisme qui n'excluait ni la brutalité ni la grossièreté. À dire vrai, ce militantisme-là m'était instinctivement étranger, jusque dans ses us et coutumes, son machisme arrogant, ses automatismes langagiers, sa vulgate hermétique, ses agressions physiques, son impudence satisfaite.

En termes de culture politique, le lambertisme, avais-je déjà l'habitude de dire sans pour autant m'expliquer ce triste retour, est une réincarnation du stalinisme, de ses mensonges et de sa violence, au cœur du trotskysme. Une sorte de double monstrueux de l'adversaire. Je n'en eus cependant qu'une expérience distante. L'une, cuisante, quand, en 1971 ou 1972, je ne sais plus, je vis, stupéfait, le service d'ordre de l'OCI charger brutalement notre cortège en plein cœur d'une manifestation unitaire de solidarité avec le Vietnam, faisant usage contre l'extrême gauche, au prétexte de pauvres motifs de préséance, d'une violence que, pour notre part, nous réservions aux « nervis » d'extrême droite. L'autre, douloureuse, quand, en 1979, de retour du service militaire, je retrouvai une LCR tentée de fusionner avec l'OCI au nom de la réunification d'un illusoire « mouvement trotskyste », tentation incongrue qui accéléra mon éloignement tant je ne me reconnaissais pas dans ce vocable et ne me sentais pas de la famille.

À la vérité, l'état-major lambertiste ne souhaitait aucunement cette fusion avec une organisation « petite-bourgeoise cryptostalinienne », selon ses critères toujours nuancés. Il entendait plutôt l'affaiblir. Résultat atteint au bout du compte, grâce à une scission, minutieusement préparée par un travail fractionnel préalable. L'un de ses animateurs, Christian Phéline — énarque venu à la LCR depuis le PSU et qui ne s'attardera guère à l'OCI —, s'était choisi un pseudonyme qui, à la réflexion, était tout un programme : « Nemo », autrement dit, du latin au français, personne, tout un chacun et n'importe qui. Plutôt qu'à la ruse d'Ulysse — « Mon nom est personne » fut son habile réponse au cyclope Polyphème —, je pense à un autre voyageur, inventé par Jules Verne : le capitaine Nemo, justicier des mers et défenseur des peuples opprimés certes, mais surtout seul maître à bord d'un sous-marin, navire qui, par essence, cache son jeu.

Pour le dire tout net, le lambertisme ne m'est qu'un mauvais souvenir dont il me faut bien, ici, me départir un peu. Probablement caricaturale, la connaissance que j'en ai est trop lointaine et extérieure pour en rendre compte fidèlement. Et puis, malgré tout, de Lionel Jospin à tant d'autres, enseignants, intellectuels, journalistes, universitaires, chercheurs, historiens, artistes, acteurs, écrivains, cinéastes, metteurs en scène, économistes, scientifiques, etc., nombreuses sont les personnalités qui en furent durablement et qui ne me semblent pas infréquentables. Il en est d'ailleurs qui sont parmi mes confrères et amis, rédacteurs au *Monde*. J'ai aussi ressenti un courant de sympathie spontané envers un ancien militant lambertiste dont je fis la connaissance en m'intéressant au passé du Premier ministre, lequel militant fut lui aussi entriste au PS, au début des années 1980, chargé un temps d'assurer la régularité du contact avec un premier secrétaire doublement camarade, socialiste côté cour, trotskyste côté jardin.

Quand il ne succombe pas à l'étalement de soi-même, de ses opinions et de ses préjugés, le journalisme a cette vertu d'obliger à rencontrer l'insolite et l'inquiétant, à croiser le biscornu et le saugrenu, à rendre compte du singulier et du bizarre. À ne pas toujours fréquenter le Même, les mêmes, et à se confronter souvent à l'Autre, aux autres. C'est parce que cette histoire, celle de Jospin et du lambertisme, m'est radicalement étrange que je me sens tenu de l'éclairer. Dans la seule trace écrite qui nous soit connue de ses premières années militantes — une carte postale adressée à deux camarades, Boris et Denise Fraenkel, et postée en 1965 de Côte d'Ivoire —, Lionel Jospin écrivait ceci : « L'exotisme a beau être une invention européenne sans contenu réel, il n'est pas sans charme de se livrer à son illusion (avec un œil en coin bien sûr). » Comme en réponse, je retrouve, sur la page de garde d'un de mes vieux cahiers à mémoire, dénommé par mes soins *Exotiques*, cette citation de Victor

Segalen, dans *Équipée* : « L'exotisme n'est pas celui que le mot a tant de fois prostitué. L'exotisme est tout ce qui est Autre. Jouir de lui est apprendre à déguster le Divers. »

Le lambertisme comme exotisme, pourquoi pas après tout ? Et ce voyage comme une esthétique du divers... Ce n'est pas sans risque si l'on en croit Segalen qui ajoutait, dans un essai aussi décisif qu'inachevé : « L'exotisme n'est pas une adaptation. [Il] n'est donc pas la compréhension parfaite d'un hors soi-même qu'on étreindrait en soi, mais la perception aiguë et immédiate d'une incompréhensibilité éternelle. »

Nous voilà prévenus : nous ne sommes pas certains de comprendre. Essayons quand même. Contentons-nous de connaître. De dire l'incompréhensible.

Quand, vers 1963, Lionel Jospin rejoint le groupe animé par Pierre Lambert qui allait devenir formellement l'OCI en décembre 1965 et qui était alors le principal courant du trotskysme français, il est déjà élève à l'École nationale d'administration. Sauf à choisir de renoncer à cette formation, la dissimulation est alors un principe élémentaire de survie : c'est oublier ce que fut le gaullisme d'État en sa période triomphante que d'envisager une seconde qu'un jeune énarque aurait pu durer en se proclamant ouvertement trotskyste, à une époque où même les hauts fonctionnaires communistes taisaient leur appartenance.

« C'est moi qui lui ai proposé que ce soit caché », confiait au *Monde*, en juin 2001, Boris Fraenkel qui fut, dans cette première phase militante, le mentor de Lionel Jospin, ou plutôt son « cornac », comme il aime à dire, mot choisi avec précision puisqu'il évoque l'homme ayant en charge la conduite d'un éléphant et, par extension, celui qui guide et introduit. « Vous connaissez beaucoup d'élèves de l'ENA qui étaient trotskystes ? poursuivait cet éphémère lambertiste (de 1958 à 1966), trotskyste indépendant depuis, fortement libertaire, reconverti sur le tard à la LCR. Alors, quand on a une fois un truc comme ça... J'ai obtenu sans difficulté le statut que j'avais demandé pour lui. Le trotskysme, ça se résumait pour Jospin au contact avec moi. Mis à part Denise [Denise Salomon-Fraenkel, son épouse], il n'y avait que Lambert et moi qui étions au courant de cela. Pour le protéger. Pour une fois qu'on avait attrapé quelqu'un de l'ENA, il fallait vraiment faire sérieux ! »

Après 1968, il nous arriva d'en attraper d'autres et de faire moins sérieux... À mon arrivée à Paris, fin 1970, la cellule de la LCR où je fus affecté comprenait au moins deux — peut-être trois, je ne suis plus certain du chiffre exact — élèves de l'ENA, énarques en puissance qui, tous deux, hélas, nous quittèrent illico en scissionnant avec le groupe qui allait s'appeler, tout simplement, Révolution, puis Organisation communiste des travailleurs (OCT). Retrouvé dans les années 1980, au détour de curiosités irlandaises, l'un d'eux, Michel Ricard, aujourd'hui au ministère de la Culture, est toujours un ami. L'époque était plus clémente que les années 1960, plus dilettante aussi, mais nous prenions quand même des précautions, évitant à ces camarades des activités trop publiques qui auraient pu nuire à leur utilité future. Il ne s'agissait certes pas de leur carrière, mais des batailles à venir : nous étions potentiellement en guerre, convaincus de l'inéluctabilité d'affrontements imminents avec le cœur de l'appareil d'État, indistinctement perçu comme l'armée de la bourgeoisie. Bref, nous nous efforcions d'être prévoyants, modestement, il faut bien l'avouer : deux ou trois énarques, ça ne fait même pas l'embryon d'une « cinquième colonne », fût-elle trotskyste. Le seul énarque Jospin encore moins. Manière de dire que je comprends aisément ce lambertiste première manière, ses ruses et ses dissimulations qui étaient d'époque et de situation.

Si légères et superficielles qu'elles aient été, elles semblent lui avoir pesé, ce qui est plutôt bon signe. Parce que énarque et lambertiste, Lionel Jospin n'a doublement pas vécu Mai 68 : le Quai d'Orsay n'était assurément pas l'École des beaux-arts, et l'OCI avait préféré déserter les barricades sur lesquelles des irresponsables entraînaient, selon elle, les étudiants à « une horrible boucherie ». Aussi fut-il bousculé avec effet retard, comme tous les lambertistes. Logique pour ceux qui n'avaient cessé de la préparer — la JCR notamment qui fut le vivier de la Ligue —, l'accélération soudaine des événements, précipitant la France dans une grève générale sans précédent ni répétition depuis, fut une énigme pour ceux dont elle démentait les schémas. Prise à contre-pied de son analyse catastrophiste de ce que nous nommions « la période » — elle voyait un mouvement ouvrier « le dos au mur », en passe d'être « liquidé » lors d'une « défaite radicale du prolétariat » —, l'OCI fut donc contrainte de se mettre au goût du jour. Sa direction ne fit pas les choses à moitié, abandonnant brusquement ses anciens refrains en juin 1969, un an après Mai. Pour ne pas paraître se déjuger, elle prit prétexte de l'échec de De Gaulle au référendum et de son départ du pouvoir qu'elle transforma en événement fondateur quand nous ne voulions y voir que la conséquence de 1968, enchaînement que les historiens de métier s'accordent à juger pertinent. Les lambertistes proclamèrent donc que « la chute de De Gaulle ouvre une période de lutte de classes exacerbée, particulièrement en Europe, que l'on peut qualifier de période de la révolution imminente ».

La catastrophe annoncée suggérait une stratégie défensive, de repli et de précaution. La révolution pronostiquée était un appel à l'offensive, balayant les anciennes prudences. Nul besoin de violer les consciences pour s'informer : jusqu'ici, les vies de l'OCI et de Lionel Jospin, du parti et du militant, s'accordent parfaitement, comme texte et contexte. Car c'est exactement à cette époque, en 1969, que Lionel Jospin décida d'interrompre sa carrière de haut fonctionnaire et de quitter le corps diplomatique pour devenir enseignant. Ce tournant fut pour lui comme un appel d'air, la fin d'une sorte de réclusion politique. Se libérant des contraintes dans lesquelles il était enfermé — énarque, il ne pouvait être trotskyste ; trotskyste, il ne pouvait être militant —, il opéra un double retour à la base qui en fit un pédagogue militant et un militant pédagogue.

Sans doute se sentait-il enfin réunifié, rassemblant sa double identité dans une cohérence nouvelle. Car c'est alors qu'il s'approcha le plus d'une pratique lambertiste ouverte, formant des apprentis militants en Groupes d'études révolutionnaires (GER), animant un secteur regroupant des militants étrangers de diverses origines et se faisant connaître sous le pseudonyme de « Michel ». Tous les témoins de cette deuxième phase militante rapportent la forte impression qu'il leur fit, sa grande rigueur et ses talents d'éducateur. En d'autres termes, il était ce que nous nommions, dans une langue d'appareil en partie commune, un « cadre intermédiaire », dévolu à des tâches discrètes et placé dans un secteur relativement confidentiel. Mais un cadre en attente, en réserve de trotskysme comme l'on dirait de la République.

Brusquement, en 1972, le militant « Michel » s'est évaporé. À l'OCI, les initiés continueront d'évoquer discrètement Lionel Jospin, mais en le surnommant familièrement « le Frisé » pour mieux le distinguer de son frère, Olivier, dont le « blaze » était « Camus » — hasard sans doute, la référence à l'auteur de *L'Étranger* suggère des jeux d'identité qui risquent de rendre étranger à soi-même. C'est que, entre-temps, la vie militante de Lionel Jospin s'était singulièrement compliquée. Quand, en 1972, plusieurs mois après le congrès d'Épinay de juin 1971, il adhéra au tout nouveau Parti socialiste, ce fut en effet à la demande de la direction de l'OCI. Cachant son origine politique à ses camarades socialistes, il resta en relation avec celle-ci jusqu'au milieu des années 1980, ayant des rendez-vous réguliers avec Pierre Lambert, dans des appartements de militants mis dans la confidence, pour échanger, discuter, faire le point.

Depuis que le « groupe Lambert » existe dans le paysage trotskyste français, soit depuis les années 1950, il a en effet érigé en pratique systématique l'envoi de cadres dans des appareils aussi bien politiques que syndicaux, associatifs que philosophiques, étatiques qu'économiques avec pour simple consigne de ne pas chercher la dissidence, de s'y comporter en militant exemplaire, d'y prendre des responsabilités tout en restant secrètement loyal à l'organisation mère. Dans la mesure où une apparente logique idéologique, notamment d'anticléricalisme et de laïcisme proclamés, y semble encore à l'œuvre, les exemples habituellement cités sont Force ouvrière (FO), la Fédération de l'Éducation nationale (FEN), les obédiences de la franc-maçonnerie, la Libre-Pensée, la Ligue des droits de l'homme. Mais il y en eut — et il en est peut-être encore — beaucoup d'autres, autrement énigmatiques et tortueux : je sais qu'il est arrivé à l'OCI de placer certains de ses cadres au PCF, aux Jeunesses communistes, à l'UNEF dite Renouveau, liée au PC, à la CGT, dans les organisations rivales de l'extrême gauche, voire dans le monde patronal, au CNPF. En ce sens, le PS ne fut pas une exception, quoique l'entrisme en son sein fût plus durable et plus structuré, entraînant entre 200 et 300 militants, selon les estimations, et atteignant son apogée autour des années 1984-1985, sous le premier septennat de François Mitterrand, avec la maîtrise de plusieurs sièges parlementaires ainsi que de postes de secrétaires fédéraux et de secrétaires de section.

Or cette histoire à tout le moins étrange repose sur un paradoxe : dans son dogme fondateur, l'OCI est farouchement hostile à l'entrisme qu'elle range parmi ces déviations petites-bourgeoises dont elle se veut l'ardent procureur. N'ayant pas concerné le minuscule groupe à l'origine de Lutte ouvrière, qui faisait bande à part depuis les débuts — depuis 1938 —, la grande scission du trotskysme français qui, en 1952, sera l'acte de naissance du lambertisme a pour enjeu l'entrisme, justement. Entraînant avec d'autres la majorité de l'organisation française, Pierre Lambert s'opposa alors à l'orientation défendue par la direction de la Quatrième Internationale qui prônait une version amendée du détour inventé par Trotsky dans les années 1930 : intégrer les partis communistes, cette fois, avec forcément des règles de secret puisque le soupçon de trotskysme valait alors exclusion immédiate ; profiter des circonstances objectives — guerres d'indépendance dans les colonies et critique montante du stalinisme — pour faire habilement « du bouton de veste » sans se dévoiler, c'est-à-dire ébranler progressivement, éclairer et suggérer, radicaliser ensuite et recruter enfin ; sortir au bout du compte pour rejoindre et grossir l'organisation trotskyste, après avoir minutieusement préparé une rupture sur des bases claires.

Jugée aux résultats, cette tactique entriste fut profitable : cette bagarre au sein du PCF, et notamment à l'Union des étudiants communistes (UEC), fut la matrice de la génération qui est à l'origine de la Ligue. Alain Krivine lui-même, jeune militant communiste discipliné, distingué en 1957 comme « meilleur diffuseur de *L'Avant-Garde* », le journal des Jeunesses communistes, fut lentement amené au trotskysme par un militant entriste : son propre frère jumeau, Hubert. Reconstruit sur la foi de leurs témoignages par Hervé Hamon et Patrick Rotman dans *Génération*, leur échange, le jour de leur franche explication, ne manque pas de saveur philosophique. C'est un dialogue sur la relativité du mensonge : « Tu m'as trompé. — Non, je ne t'ai pas trompé. Le Parti ne tolère pas l'expression d'une divergence, même par un militant discipliné. Il ne s'agit pas de renoncer au centralisme démocratique, mais de l'appliquer vraiment. — Quand même, c'est du double jeu, c'est mentir aux copains, objecte Alain. Mais Hubert parle comme un livre : — Se taire devant quelqu'un qui t'empêche de le contredire, ce n'est pas mentir. Nous ne mentons pas aux camarades, quand nous nous organisons en fractions. Nous mentons à la direction, parce qu'elle-même ne cesse de mentir aux militants. Sur le stalinisme, sur l'URSS, sur tout. »

Devenu aujourd'hui l'incarnation de jeux multiples où se sont perdues des cohortes de militants fidèles, le lambertisme s'est inauguralement affirmé dans le refus de ce « double jeu »-là, dénoncé comme une capitulation devant le stalinisme. Ceux qui, en 1952, autour de Pierre Frank, défendaient l'entrisme étaient minoritaires dans l'organisation trotskyste, se consolant toutefois de leur défaite en restant les dépositaires exclusifs de la Quatrième Internationale et du label « section française ». La scission consommée, l'aventure lambertiste commença vraiment, inaugurant un schisme dont le poids se fait encore sentir, opposant profondément deux orientations, voire deux cultures, par-delà les référents communs : tropisme communiste à la LCR, social-démocrate à l'OCI ; expérience internationale plus prononcée dans un cas, enracinement national plus accentué dans l'autre. Il faut y ajouter des pratiques d'organisation fort différentes, pour ce que j'en ai connu du moins, qu'illustre l'aventure incongrue dans laquelle Lionel Jospin s'est laissé entraîner.

Car la façon dont fut organisée l'entrée, puis le séjour, des lambertistes au PS ne correspond à aucune des références historiques du trotskysme : à la différence des années 1950 au sein du PCF, ce n'est pas de l'entrisme fractionnel d'oppositionnels précautionneux puisque ces militants étaient dispersés dans les divers courants socialistes, aussi bien majoritaires (mitterrandistes et mauroyistes) que minoritaires (chevènementistes ou rocardiens), et amenés par conséquent à défendre, pour s'y imposer, des orientations très éloignées de leurs convictions intimes ; à l'opposé des années 1930 au sein de la SFIO, c'est encore moins l'entrisme ouvert d'une opposition de gauche, à tel point que ceux qui, dans les congrès de l'OCI des années 1970, se risquèrent à proposer une entrée « drapeau déployé » au sein du PS, donnant ainsi une cohérence publique à la pratique obscure de leur organisation, furent promptement invités à rentrer dans le rang.

La pureté des concepts est donc sauve : ce n'était pas de l'entrisme. Si le mot n'était déjà pris, évoquant la magie et l'ésotérisme, il faudrait plutôt parler d'« occultisme » : d'une infiltration occulte, sans l'apparence d'une rationalité ni l'ombre d'une explication. Ce n'est pas tant affaire de désignation que de compréhension : entre l'entrisme originel et cet « occultisme » lambertiste, il y a d'évidence une transformation du trotskysme, comme une mutation génétique ou un accident de parcours. Peut-être faut-il nous résigner à ce que ce n'ait été, au bout du compte, que du lambertisme : l'invention et la systématisation d'une pratique politique double et souterraine, explicable en régime de terreur et de persécution, inédite à tout le moins en démocratie dont l'espace public suppose et garantit l'affrontement transparent d'idées et de projets.

Dans le langage de l'OCI, ces militants infiltrés ici et là étaient des « clandos » ou des « sous-marins » — Nemo était donc bien prophète. On ne leur demandait rien d'autre que d'apprendre, de progresser, de raconter et, surtout, d'attendre.

Le mystère, c'est qu'ils aient attendu. Qu'ils aient accepté d'attendre.

On ne se l'explique pas si on les appréhende selon des catégories moralisantes au lieu de rechercher leur propre ressort moral. Ce n'étaient pas des agents secrets, des indicateurs infiltrés, des spécialistes du renseignement. Ils ne se pensaient pas traîtres, mais loyaux en dernière instance. Convaincus, doublement convaincus de ne trahir ni le PS ni l'OCI ; de ne mentir ni aux uns ni aux autres. Ils se vivaient deux, mais se pensaient un : fidèlement socialistes parce que secrètement lambertistes. Ils étaient libres et ils étaient liés, libres d'agir en bons socialistes et liés à leur serment lambertiste. S'ils étaient duplices, ce n'était pas par obéissance. S'ils étaient fourbes, ce n'était pas par aveuglement. C'était, croyaient-ils, dans la claire conscience d'un renoncement vertueux aux vertus communes de franchise et dans la croyance aristocratique d'un devoir transcendant les qualités de sincérité et de loyauté que, ordinairement, ils prisent. « Nous ne pouvions exercer cette liberté qu'en ne faisant pas ce que nous aurions pu faire », écrit Lawrence dans *Les Sept Piliers de la sagesse*, revendiquant « la sujétion à un ordre » comme « une économie de pensée — de douloureuse pensée ». Au terme du voyage souterrain des lambertistes, il ne pouvait y avoir que de la douleur.

Car ils ne réussissaient à survivre que dans l'attente, et cette attente fut déçue. Ils attendaient patiemment l'événement qui les délivrerait enfin de leur duplicité, transformant soudain en geste héroïque leur mystérieux parcours, et cet événement se déroba. C'est cela qu'il nous faut, sinon comprendre, du moins admettre : ils se perdaient dans l'assurance de la rédemption, ils s'égaraient dans l'espoir d'être élus. En ce sens, malgré ses apparences modernes, leur mésaventure recèle une ancienne tradition : elle tient plus de la quête spirituelle que du roman policier. Le messie qu'ils attendaient n'était autre que l'événement-roi, cette révolution imminente qu'ils avaient pronostiquée, dont l'irruption leur semblait encore plus inéluctable depuis la révolution des œillets au Portugal et la fin du franquisme en Espagne, et que la victoire de la gauche en France, en 1981, ne pouvait que précipiter — d'où l'appel inhabituel de l'OCI à voter pour François Mitterrand dès le premier tour de l'élection présidentielle. C'est ainsi, du moins, qu'ils se racontaient sincèrement les choses : la révolution les libérerait de leur secret en libérant les énergies souterraines qui arracheraient des pans entiers des partis traditionnels au conformisme et au conservatisme de leurs appareils.

Rien de tout cela n'est advenu, et pour cause : ils rêvaient à voix haute une histoire imaginaire, automatique et linéaire, d'avance écrite et déjà lue, qui n'a guère de rapport avec l'histoire réelle, ses surprises et ses déceptions. Ils ne se contentaient pas d'être disponibles à l'arrivée du messie, ils en avaient fixé l'heure et le jour. Mécaniste et, à ce titre, imparfait, leur messianisme ne pouvait être que déçu. Le choc n'en fut que plus rude. Car s'il n'y a pas de rédemption, ne reste que la honte. Honte de ne pas avoir été soi-même. Honte de ne pas s'être battu pour ses vraies idées. Honte rétrospective des actes qui ne paraissaient pas immoraux dans l'instant puisque la réussite future devait les moraliser : arrangements tactiques, manœuvres d'appareils, combines et compromissions. Honte et consternation devant l'inanité de ces efforts et le ridicule du résultat.

Le plus curieux, me semble-t-il, est que, loin d'être l'apanage des seuls anciens « sous-marins », cette honte est partagée par nombre d'ex-militants lambertistes qui ont accompagné leur aventure. Comment comprendre sinon l'attitude qui fut presque unanimement la leur, confrontés aux curiosités de la presse sur le passé de Lionel Jospin ? Bien que faisant profession, pour certains, de transparence (le journalisme) ou d'exactitude (l'histoire), la plupart de ceux qui acceptèrent de parler, d'informer et de préciser, refusèrent d'être nommément cités. À l'instar du Premier ministre, ils se comportaient en prisonniers d'une histoire militante révolue et d'un passé plus incommunicable qu'inavouable.

C'est qu'il y a un chagrin post-lambertiste. Leurs jeunesses leur sont souvent des souffrances quand les nôtres nous sont encore des enfances. Ils vivent avec le sentiment cuisant de ne pas même connaître leur propre histoire, d'avoir été acteurs d'une pièce dont d'autres maîtrisaient les fils et les ressorts, d'avoir été illusionnés avant de se perdre. Évidemment, les nouveaux convertis, apparemment victorieux puisqu'ils occupent encore le devant de la scène politique, ne semblent pas atteints par cette tristesse. La réalité est plus nuancée et, sans doute, également douloureuse : ils sont contraints de s'enfermer encore plus dans la dénégation, à l'instar du socialiste Jean-Christophe Cambadélis qui, en 2000, n'hésita pas à intituler *Le Chuchotement de la vérité* le livre où, jouant sur l'ambiguïté doctrinale, il affirmait contre toute attente qu'il n'y eut jamais de « secteur entriste » dans son ancienne organisation. Au nom de tous les anonymes meurtris que ce survivant oublieux ne saurait représenter, deux anciens cadres lambertistes, partis avec Cambadélis en 1986, Benjamin Stora et Pierre Dardot, responsables successifs du secteur étudiant de l'OCI de 1977 à 1986, lui ont répondu que sa mémoire était « décidément trop sélective pour pouvoir être partagée ».

Toutefois, confortant cette impression que les souvenirs lambertistes sont imprégnés de gêne et d'embarras, ils ne voulurent pas donner à leur « mise au point publique » une publicité outrancière. Aussi la confièrent-ils à *Critique communiste*, la confidentielle revue théorique de l'ancienne organisation rivale, la LCR... Ils y décrivent, assez justement, le lambertisme comme un « mélange de catastrophisme économique et d'attente messianique de la révolution, de rigidité dogmatique et de "souplesse" tactique dans les compromis incessants avec les appareils syndicaux ». L'OCI enseignait à ses militants qu'ils vivaient dans un monde hostile où la catastrophe est l'avenir le plus assuré et où tous les coups sont bons pour la retarder. Affiché momentanément, le credo de l'imminence révolutionnaire n'était pas contradictoire avec ce pessimisme foncier que renforçait le maintien paradoxal du dogme « théorique » essentiel de l'OCI, la croyance que « les forces productives ont cessé de croître depuis 1914 », indéfiniment minées par les « forces destructives » du capitalisme. De même que, dans cette vulgate marxisante, les « modes de production » auraient donc un envers inédit, les « modes de destruction », la révolution est ici le double de la catastrophe. Et sa non-advenue ne fait qu'en conforter la prédiction. De fait, se présentant lui-même à l'élection présidentielle de 1988 alors qu'il avait soutenu le candidat socialiste dès le premier tour en 1981, Pierre Lambert refusa de donner une consigne de vote pour le second tour au prétexte, consigné dans une résolution interne, que « le caractère politique et social de la politique de Mitterrand ouvrirait la voie au fascisme »...

Au fascisme, rien que ça. Moins de deux ans auparavant, durant l'automne 1986, Lionel Jospin s'était échappé de ce film insensé dont il ne voulait plus être l'acteur caché, en décidant, à la surprise générale, de partir à Toulouse pour, dira-t-il aux militants socialistes, « vivre ici la deuxième partie de [s]a vie politique ». Peut-être est-ce tout simplement cela qui rend incommunicable l'histoire des anciens militants lambertistes : son irréalité.

Dans sa première vie politique, Lionel Jospin fut donc socialiste en acte et trotskyste en pensée.

En ce sens, dans sa confession contrainte et inachevée, il disait vrai : de son entrée au PS, en 1972, à sa rupture définitive avec l'OCI, autour de 1986-1987, il ne fut pas entièrement déloyal à ses camarades socialistes. Il se contentait de vivre avec une arrière-pensée, comme l'on habiterait une maison cachant une arrière-cour. Indiscutablement romanesque, cette vérité tortueuse est assurément difficile à traduire en langage politique clair. Lors des affrontements qui lui donnent chair, la politique simplifie forcément, abrasant une complexité sans laquelle il n'est pas d'intelligibilité. Mais se combattre, ce n'est évidemment pas se comprendre. Aussi la droite est-elle dans son rôle quand elle traque les non-dits et les demi-aveux de Lionel Jospin : elle joue de ses faiblesses.

Pour elle, c'est entendu : Jospin fut « une taupe ». À sa manière sans manières, sabrant à tout-va et non sans culot, Philippe de Villiers a su trouver le bon imaginaire, celui qui sonne l'alarme dans les chaumières et les coffres-forts : la taupe qui creuse sans relâche et mine l'ordre établi. Sait-il que l'image est ancienne, shakespearienne à l'origine ? « Bien dit, vieille taupe. Chemines-tu sous terre si vite ? Valeureux pionnier. » C'est Hamlet qui parle, dans la traduction d'André Gide (acte I, scène V), en réponse au spectre qui incarne l'esprit de son père. De Shakespeare, l'image est passée à Hegel via une traduction superlative (« Bien et promptement creusé, brave vieille taupe ! »), puis à Bakounine, l'ancêtre de l'anarchisme, en 1842 (« Des signes nous annoncent que la taupe a déjà fait son travail souterrain et qu'elle réapparaîtra bientôt pour le Jugement »), et enfin à Karl Marx, dans *Le 18 Brumaire de Louis Bonaparte* : « La révolution est consciencieuse. Elle n'en est encore qu'à la traversée du purgatoire. Elle exécute sa besogne avec méthode [...]. Et quand elle aura accompli la seconde moitié de son travail préparatoire, l'Europe bondira de son siège pour lui crier dans l'allégresse : "Bien creusé, vieille taupe !" » Le commentaire psychanalytique est libre : du spectre paternel au spectre révolutionnaire, la taupe poursuit son bonhomme de chemin à travers les siècles.

Notamment sous le trait du dessinateur Wiaz, qui accompagna la LCR durant la campagne présidentielle de 1974, elle faisait partie de notre imaginaire : une « taupe rouge » assurément, selon l'intitulé le plus courant des « feuilles de boîtes », les tracts diffusés aux portes des entreprises ; une taupe rigolarde, joyeuse et marrante, rêveuse et plaisante, aux métamorphoses incessantes et innombrables ; une taupe fière de se montrer, sans cachotteries ni réserve. Creusant inlassablement ses galeries métaphoriques, elle annonçait la révolution, prochaine ou lointaine, peu importe, à coup sûr inévitable.

Sans doute Philippe de Villiers pensait-il à une autre variante, les taupes plus sombres, moins jouisseuses, plus mélancoliques et douloureuses, qui traversent les romans de John Le Carré. Ou peut-être jouait-il sur les deux registres : la taupe rouge et la taupe espionne. Toujours est-il que, en usant de cette image, il fit sans s'en rendre compte un compliment à Lionel Jospin, du moins à l'aune de ses anciens engagements. Après tout, s'il creusait, son temps ne fut pas si perdu !

Je doute que l'extrême gauche, et notamment mes anciens camarades de la LCR qui rechignent à voter automatiquement pour la gauche parlementaire au second tour des élections, trouve le compliment mérité. La taupe, au fond, c'est une marque révolutionnairement déposée, à laquelle le réformiste Lionel Jospin n'aurait plus droit. Peu de temps avant la confirmation du passé trotskyste du Premier ministre, le militant philosophe Daniel Bensaïd, figure intellectuelle de la Ligue, publiait d'ailleurs, sous le titre *Résistances*, un étonnant « essai de taupologie générale », promenade amoureuse avec cette « vieille amie », myope et hémophile, « doublement infirme et doublement fragile » qui, pourtant, « avec obstination, de galeries en souterrains, va en souriant son cheminement de taupe vers de nouvelles irruptions ». Or on y trouve, au registre des « politiques de résistance », une description de l'activité des taupinières qui n'est pas sans rapport avec notre sujet, si jospinien soit-il : « La taupe a la conjuration discrète. Nul tonnerre en son cratère. Elle s'affaire en silence à l'abri des regards. Elle dissimule sans se renier. Elle circule entre deux mondes, entre terre et ciel, entre ombre et lumière, sans aucune duplicité. Fidèle à son travail de sape et à sa tâche de taupe. Fidélité et persévérance discrète sont des vertus taupières. »

Ces lignes, qui pourraient tenir lieu de manifeste entriste, ouvrent un chapitre intitulé « La patience du marrane », où l'expérience de la foi identitaire entre en résonance avec la fidélité politique. Face à l'Inquisition et aux persécutions, le juif marrane choisit de survivre en acceptant de se convertir au catholicisme tout en dissimulant une fidélité maintenue. Ne se reniant qu'en apparence, il décide de sauver son Dieu, à ses risques et périls : il judaïsera en secret. Fasciné par la figure du marrane, « sorte d'aristocratie de l'esprit », Daniel Bensaïd vante « cette duplicité forcée [d'où] surgit l'idée paradoxale de la sainteté par le péché ». « Elle répond à l'impossibilité immédiate d'une libération nécessaire », ajoute-t-il, inscrivant explicitement son marranisme dans un « messianisme politique » ainsi défini : « L'attente des catastrophes historiques que les prophètes exhortent à conjurer, selon la profonde dialectique du désastre et de l'espérance. »

Je lis ce texte de Daniel où la résistance devient principe de vie, « stratégie du vivant » spinoziste, je le relis comme j'écouterais une musique dont l'air familier ne serait pas pour me déplaire, et je me surprends à penser que Lionel Jospin fut peut-être, avant de renoncer, une sorte de néo-marrane, trotskysant en secret sous les contingences politiques comme d'autres judaïsaient en secret sous les Rois Catholiques. Les « sous-marins » auraient-ils caché des « sous-marranes », vivant dans la méfiance car dans la crainte de la catastrophe, s'obligeant à mentir pour sauver leur espérance ? Séduisante, cette hypothèse n'en est pas moins inquiétante : une politique qui relèverait de la prophétie cachée risque fort, un jour ou l'autre, de faire le tri entre les purs qui auront su attendre en secret et les impurs qui se seront ouvertement confrontés au monde. Or la politique, dont la matière première est le monde réel et où seules comptent les entreprises humaines, ne saurait se concevoir que dans la pluralité, la contradiction et la publicité. Le siècle passé nous l'a appris : toute autre voie en serait la négation.

D'un messianisme l'autre, l'aventure de Lionel Jospin en particulier et des lambertistes en général ne m'est peut-être pas aussi étrangère que le suggéraient mes anciennes préventions. De notre histoire, elle ne dit certes pas l'accomplissement ; mais, vraisemblablement, l'une de ses pathologies.

5

Voir clair

« Pourquoi n'en ai-je pas parlé plus tôt ? » se demandait publiquement Lionel Jospin, devant les députés, le 5 juin 2001, jour de la révélation de son secret politique. « Honnêtement, parce que je crois que cela n'intéressait personne », fut sa réponse. Ce pourrait être de l'humour au second degré si, par la suite, à l'Assemblée nationale comme devant des journalistes, il n'avait montré combien il ne supportait pas qu'on s'intéressât plus avant à cette histoire militante en clair-obscur, engagement aux apparences trompeuses et aux profondeurs insoupçonnées, parcours politique dont la ligne serait indissociablement droite et oblique.

En l'espèce, Lionel Jospin ne cache rien, sauf lui-même. Ce passé qui ne passe pas est une donnée de son équation personnelle. Tant qu'il ne l'aura pas affronté au-delà de sa mise au point parlementaire où il s'est contenté de l'effleurer, ce passé enfoui restera sa faille intime, une faiblesse psychologique que comptent bien exploiter ses adversaires, à droite comme à gauche. Mais encore ne sont-ce là qu'évidences conjoncturelles, électorales et partisanes, qui comptent peu au regard de l'enjeu durable, symbolique et collectif : le crédit du politique en tant qu'engagement et conviction. Car, si nous ne transmettons qu'une histoire muette, encombrée de fantômes, un présent sans passé et un passé sans actualité, comment ne pas conforter le rejet du politique ? Révélée, la corruption financière peut être combattue et sanctionnée. Ce n'est qu'affaire de volonté, de volonté politique justement. La corruption des idées est plus insidieuse, plus tenace, plus subtile et, à ce titre, d'une dangerosité plus essentielle : une politique double, une politique qu'habiterait une pensée secrète et inavouée, une politique qui se refuserait au partage et à la discussion, une politique sans héritage ni transmission est, un jour ou l'autre, une politique perdue. Dans sa débâcle, elle laisse derrière elle un peuple d'égarés.

Ou de prudents, ce qui n'est pas contradictoire. D'immensément prudents, hésitants et précautionneux, parce que portant le poids d'anciens traumatismes dont ils ne sont toujours pas remis. Grandement méfiants aussi, soupçonneux et ombrageux, à force d'avoir appris à se surveiller soi-même, à se prémunir au plus près et à se protéger du plus proche. Comment ne pas céder à la tentation de lier diverses facettes du Jospin chef de gouvernement, traits de sa personnalité et aspects de sa politique, à ce que sa difficile maîtrise de son secret lambertiste nous laisse entrevoir ? Qu'il s'agisse de la cohabitation avec Jacques Chirac — les impatiences d'en découdre dans son propre camp socialiste —, des tensions et rivalités au sein de la gauche dite plurielle — le grand écart entre Jean-Pierre Chevènement et les Verts —, ou de la critique sociale renaissante du capitalisme — l'incapacité à faire écho aux manifestations internationales de jeunes —, sa gestion des dossiers comme des hommes a révélé des lenteurs et des circonspections, des rigidités et des crispations, des modérations et des défiances qu'il n'est pas interdit de rapporter à un sentiment d'incertitude après un trop-plein de certitudes. Comme si d'anciennes radicalités factices lui interdisaient de nouvelles radicalités authentiques.

J'en fais la supposition mais, après tout, je n'en sais rien puisqu'il s'agit là des ressorts psychologiques intimes d'une façon d'être et d'agir. Si je me risque néanmoins aux hypothèses, c'est pour signifier combien, dans ce cas précis comme en d'autres, les programmes idéologiques et les forces sociales ne suffisent pas à faire un destin. Il faut aussi compter avec cet élément relatif, moins noble et souvent déprécié : le facteur humain.

Si Lionel Jospin était un pur cynique, il aurait vraiment tourné la page et en parlerait avec détachement comme d'un passé mort et révolu. Le fait qu'il n'y arrive pas — ni à la tourner, ni à en parler — montre que ce passé pas si lointain continue à le travailler. « Je ne vis pas avec mon personnage public », confiait-il déjà en 1983, dans un curieux entretien au *Monde*, dont le point de départ était la folie. Ce que l'on sait aujourd'hui autorise à discerner dans son propos l'aveu d'une tension douloureuse entre l'être et le paraître politiques : « L'acte créateur comme l'action politique sont faits de passion, disait-il. Encore faut-il que cette passion sorte de la solitude et soit partagée. Sinon, c'est vrai qu'il y a, à la limite, risque de “folie” pour le responsable politique ou pour le créateur, si ce qu'ils expriment — que ce soit un projet de transformation sociale ou une œuvre artistique — n'est pas reconnu par les autres. » J'émets donc l'hypothèse que, au moment où il cherche à être suprêmement reconnu pour son action socialiste, Lionel Jospin est entravé par son embarras à reconnaître son action trotskyste. Du coup, il se barricade, se mure et se ferme.

Il n'a guère besoin de forcer sa nature : une longue tradition le précède qu'on aurait tort de ramener à sa seule éducation protestante. Pour réussir cette clôture sur lui-même, Lionel Jospin puise autant dans « ce qu'il cache », cette dissociation du « je » et du « nous », ce clivage entre l'individuel et le collectif qui sont au principe des solides disciplines militantes.

« Je suis. Je ne m'interroge pas : pas d'introspection. *Je* ne m'intéresse pas. *Je* n'est pas le sujet de ma réflexion, heureusement », prévient d'emblée David Rousset quand, à l'approche de ses quatre-vingts ans, il se résout à aider son biographe. Ces lignes sonnent comme un avertissement que Rousset se donnerait à lui-même, par crainte de succomber. Trotsky est une exception narcissique : les révolutionnaires — et ne l'auraient-ils été sincèrement qu'une partie de leur vie, cette école-là marque pour longtemps, sinon toujours, au point que ces apprentissages deviennent des traits de caractère —, les révolutionnaires, donc, n'aiment pas s'épancher. Ou du moins le prétendent-ils. Car, à la vérité, ce sont les écoles minoritaires qui, mieux que les voies royales, enseignent l'importance du facteur personnel : tout est à gagner, rien n'est donné.

Récits de vie, gestes héroïques, drames poignants, aventures audacieuses : du *Sans patrie ni frontières* de Jan Valtin à *L'Orchestre rouge* de Gilles Perrault — pour ne citer que ces deux grandes sagas kominterniennes —, nos formations autodidactes de l'après-68 donnaient autant de place aux vies illustres qu'aux textes sacrés. Nous vivions d'exemples qui, pensions-nous, ne devaient rien à la naissance et aux héritages. La révolution mondiale, découvrions-nous, offrait à ses seconds rôles des vies sortant de l'ordinaire dont ceux d'entre nous qui, à la Ligue, approchèrent le secteur international ou le service d'ordre, les missions lointaines de l'un, les opérations audacieuses de l'autre, eurent un avant-goût. La transgression, l'interdit, le défendu, l'illégal pouvaient faire partie du jeu, d'un jeu pris au sérieux.

Infidèle aux canons du matérialisme historique, je dois confesser avoir toujours eu le goût de cette pédagogie par l'exemple où les défis prométhéens sont tissés de ce matériau ordinaire : des vies humaines, aléatoires et imprévues, misérables et grandioses, anecdotiques et légendaires. Ce penchant est moins apolitique qu'il ne paraît : face à la longue litanie des vainqueurs qui réquisitionnent l'Histoire — grande histoire où de grandes circonstances fabriquent de grands hommes —, seule l'invention permanente d'une histoire à petite échelle humaine est à même de sauver le souvenir des innombrables et modestes vaincus. L'histoire aussi est inégale, et les historiens qui ont choisi de travailler sur les territoires d'en bas le savent d'expérience, cherchant minutieusement des traces infimes sous les empreintes solides laissées par les mondes d'en haut.

Nul hasard sans doute si le monument, immense et infini, qui nous permet de revisiter le mouvement ouvrier, ce continent émergé au XIXe siècle et aujourd'hui en partie englouti, est un « dictionnaire biographique », une collection d'histoires de vies. Bien que ce soit plutôt un usuel destiné aux bibliothèques, j'ai acquis par souscription ce dictionnaire en quarante-quatre tomes, fondé par Jean Maitron et dirigé par Claude Pennetier, et, depuis, je m'y promène souvent, baguenaudant d'une notice à l'autre, passant de quelques lignes sur un pseudonyme éphémère à plusieurs pages sur un personnage durable, redécouvrant ainsi la pluralité d'un monde extrêmement divers. Toutes les vies des trotskystes de la première génération, celle des années 1930, y figurent, évidemment. Même celles des plus jeunes militants qui, après l'éloignement de leurs aînés au lendemain de la guerre, feront le lien avec nos générations politiques. Juste un aperçu pour donner envie d'y revenir…

Tome 32, pages 392-393 : « Korner David, dit Barta, dit Albert, dit A. Mathieu. Né le 19 octobre 1914 en Roumanie, mort le 6 septembre 1976 dans la région parisienne ; membre du Parti communiste et de l'opposition de gauche en Roumanie ; militant en France […] »

Fondateur pendant la guerre de l'Union communiste, l'ancêtre de Lutte ouvrière, Korner interrompit au début des années 1950 l'activité de son organisation bien qu'elle ait été au cœur de la grande grève des usines Renault de 1947, animée malgré l'appareil communiste par un de ses militants, Pierre Bois. La classe et l'avant-garde avaient été mutuellement déçues l'une par l'autre, si l'on en croit cette confidence lucide de « Barta », en 1972 : « Nos forces ne se sont ni augmentées, ni renouvelées : l'arbre prolétarien rejetait en fin de compte la greffe révolutionnaire. Ce qui, à terme, était une condamnation... »

Tome 33, pages 180-181 : « Lambert Pierre (Pierre Boussel, dit Pierre Andréi, Temansi, Lejeune, Victor Lepage, Lamotte, connu sous le nom de). Né le 9 juin 1920 à Paris (XIIe arr.). Militant trotskyste depuis 1938 [...] » Sur le dirigeant, aussi discret qu'intouchable, de l'OCI, dont le pseudonyme militant a fini par devenir un substantif organisationnel, ces deux pages incomplètes sont, à ce jour, l'aperçu biographique le plus fiable. On y apprend notamment que, né dans une famille d'immigrants juifs russes, Pierre Boussel grandit à Montreuil, fit des études supérieures d'histoire, adhéra à quinze ans aux Jeunesses communistes et en fut aussitôt exclu, entra en contact avec des trotskystes mais rejoignit l'Entente des Jeunesses socialistes de la Seine, vécut dans ces courants socialistes de gauche jusqu'à la guerre tout en maintenant ses relations avec les trotskystes, entra pendant l'Occupation à la CGT clandestine et y obtint des responsabilités en région parisienne tout en cachant son adhésion secrète au trotskysme, fut élu au comité central de l'organisation trotskyste réunifiée en 1945, y devint rapidement l'animateur de la commission syndicale, etc. Mais le « Maitron », qui n'oublie jamais de donner vie et nom à la multitude des anonymes, nous fait aussi connaître les soixante-treize autres Lambert qui, de 1914 à 1939, furent de la lutte des humbles, et nous apprend que le Lambert lambertiste a un homonyme avec lequel il ne faut pas le confondre : « Pierre Lambert. Né et mort à Paris : 2 février 1901-30 novembre 1973 ; fonctionnaire des Finances ; militant socialiste... »

Tome 28, pages 246 à 249 : « Frank Pierre. Né le 24 octobre 1905 à Paris (IXe arr.), mort le 18 avril 1984 à l'hôpital La Pitié, Paris XIIIe. Militant du Parti communiste, puis de l'opposition de gauche. L'un des fondateurs du mouvement trotskyste en France, ancien secrétaire de Trotsky. Dirigeant de la Quatrième Internationale et de sa section française. D'origine russe, les parents de Pierre Frank émigrèrent en France en 1904 et s'établirent à Paris comme ouvriers tailleurs à domicile. Ils furent naturalisés français le 13 avril 1927. Leur fils [...] » Je me souviens de Pierre Frank — nous disions « Pedro » —, effacé et paisible, me conseillant en aparté, lors d'un comité central, de réfréner des impatiences dont j'ai oublié le motif. Je me souviens de cet article dont j'étais si fier, réflexion sur le centenaire de la Commune de Paris, en 1971, qu'il devait publier dans la revue *Quatrième Internationale* et dont, hélas, il me dit avoir égaré l'original alors que je n'en avais pas fait de copie. Je me souviens de ce soir du 31 décembre 1973 où il est passé, avec sa compagne Marguerite, au local de la LCR, impasse Guéménée, lors d'un succédané de réveillon organisé pour divers exilés, notamment latino-américains, chiliens surtout ayant fui Pinochet, pour lequel je m'étais chargé de la boisson — un planteur antillais. Sa notice biographique se termine par l'évocation de ses obsèques militantes, au cimetière du Père-Lachaise, et mentionne l'article du *Monde* qui en rendit compte. J'en fus l'auteur et son titre me semble encore faire écho à toutes ces vies : « Éloge militant du temps »...

Le temps, son ardente patience ou sa lente impatience. Une longue histoire, toujours et encore. Les trois passeurs de temps auxquels sont associés les trois courants actuels du trotskysme français sont donc un juif roumain et deux juifs d'origine russe. Que, au plus lointain, des rapports directs ou une affinité élective lient entre elles utopies sociales et espérance juive, c'est l'évidence même. Mêlant messianisme juif et millénarisme chrétien, par le détour souvent de la relecture protestante de l'Ancien Testament, le premier socialisme utopique rêvait d'une « Nouvelle Jérusalem ». Publiée en 1837, l'*Histoire sacrée de l'humanité par un disciple de Spinoza* est la première expression de la pensée socialiste en Allemagne au XIXe siècle. Entre pensée politico-théologique et spiritualité juive prophétique, cet ouvrage de jeunesse a pour auteur Moses Hess, considéré comme le père de la social-démocratie allemande et responsable de la « conversion » aux nouvelles idées communistes de Friedrich Engels d'abord, Karl Marx ensuite.

Il faudrait enfin ajouter l'énumération interminable des « juifs non juifs » parmi lesquels Trotsky, ces juifs en rupture qui cependant transcendent le judaïsme et que la tradition libérale revendique, leur attribuant pour ancêtre lointain l'hérétique du IIe siècle Elisha Ben Abuya, surnommé *Aher*, c'est-à-dire l'Étranger… Je dois toute cette science à l'ami Michael Löwy, connu à la Ligue, trotskyste latino variante Mitteleuropa, voyageur de mille mondes, luxembourgiste et surréaliste, qui, relisant sans relâche Walter Benjamin et Gershom Scholem, souligne ce « lien mystérieux », cette « correspondance au sens baudelairien entre chaque terme de l'utopie révolutionnaire profane et de la sphère messianique sacrée ». Cette sensibilité, je l'ai acquise aussi auprès de Nicole, bien sûr, Nicole Lapierre qui, dans *Le Silence de la mémoire*, souligne cette étrange résonance entre nos impatiences gauchistes, résumées en 1973 par Daniel Bensaïd d'une formule qui fit débat : « L'Histoire nous mord la nuque », et l'antique leçon du « peuple à la nuque raide » de l'Exode, ce dur savoir de durer.

Je pourrais flâner ainsi indéfiniment dans ce *Dictionnaire biographique du mouvement ouvrier français* où tel détail signifiant, telle anicroche oubliée m'entraînent sur des chemins de traverse débouchant, à leur tour, sur des questionnements nouveaux, des dissidences méconnues ou des égarements instructifs. Certes empathique, l'histoire qui s'y déploie n'est pas apologétique. Par exemple, les perditions ou les neutralités des pacifistes internationalistes qui, en 1939-1940, crurent à une simple répétition de la Première Guerre mondiale, ne sont pas tues. Bien qu'elliptique car relue par l'intéressé, la notice de Robert Jospin (tome 32, pages 256-257), le père de Lionel, « militant socialiste, pacifiste et libertaire », mentionne qu'il se cantonna « à une certaine prudence » durant la guerre. La vérité vraie, c'est que, pacifiste intégral, il fut munichois et était proche de Marcel Déat, cet ex-socialiste qui prétendit incarner l'aile « gauche » de la Collaboration. Ayant accepté des responsabilités municipales à Meudon, en avril 1944, Robert Jospin fut, pour cette raison, exclu de la SFIO en 1945…

Orphelin du trotskysme dès 1939, en raison de divergences répétées avec Trotsky sur la tactique à suivre en France et, surtout, sur les hommes choisis pour la conduire, Pierre Naville s'enferma dans l'écriture de livres savants, à son retour d'un camp de prisonniers, en 1941. Ce n'est pas sans émotion que je relis sa notice (tome 37, pages 228 à 231), celle de sa femme, Denise, et celle de son frère, Claude. Aux origines du mouvement surréaliste, Naville fut ensuite la grande figure intellectuelle du trotskysme initial, et je le revois encore, sur les rives du lac Majeur en Italie, un matin d'été, trois ans avant sa mort en 1993, une Gitane maïs au bec et le torse vêtu d'un simple marcel, toutes sortes de journaux étrangers dans les langues les plus variées étalés devant lui, me disant : « C'est le Vieux qui m'a appris à savoir bien lire la presse. »

Son frère cadet, Claude Naville, fut aussi militant communiste oppositionnel, mais disparut trop tôt pour s'inscrire plus avant dans l'aventure trotskyste. Un mois avant de mourir en sanatorium, le 22 décembre 1935, il réussit à terminer une brochure sur *André Gide et le communisme.* Mais il n'eut pas le temps de connaître son fils, né après son décès et auquel on donna le même prénom, Claude. Saltimbanque dans l'âme, travailleur du spectacle, créateur de lumières et metteur en scène, Claude Naville, le fils, est un vieil ami. Un jour, il m'a chaudement remercié de lui avoir fait connaître son géniteur dont, à vrai dire, il ne savait pas grand-chose : je lui avais simplement adressé la notice du « Maitron » qui, mieux qu'une tombe, garde la trace de son père parmi les misères du monde. Ceci n'a rien à voir avec cela et, en même temps, dans mon plaisir des résonances, tout à voir : au tournant des années 1960-1970, Claude Naville fut sympathisant lambertiste, fréquentant ce fameux « rayon du spectacle » de l'OCI en plutôt bonne compagnie — d'Alain Corneau à Bertrand Tavernier, de Juliet Berto à Dominique Labourier, de Bernard Murat à Pierre Arditi et bien d'autres.

Tous ces tours et détours, allers et retours, pour dire que, si j'aime tant visiter ces anciennes vies aujourd'hui éteintes, c'est qu'elles ne me sont pas mémoires mortes, mais mémoires vives. J'ai par exemple le sentiment évident que, parmi tous les jeunes Français qui s'approchèrent de Trotsky durant son ultime exil, celui avec lequel j'aurais le plus facilement sympathisé est Jean van Heijenoort. Cette impression me vient de la lecture de son récit des sept ans qu'il passa auprès de Trotsky, d'octobre 1932 à novembre 1939, de Prinkipo (Turquie) à Coyoacán (Mexique). Fils d'une ouvrière française et d'un ouvrier hollandais émigré mort quand il avait deux ans, ce très brillant élève, admis en classe préparatoire au prestigieux lycée Saint-Louis, admissible à l'École normale supérieure, n'hésita pas un instant, l'année de ses vingt ans, à abandonner ses études mathématiques pour devenir tout à la fois le secrétaire, le traducteur et le garde du corps du « Vieux ». Dans *Révolutionnaires sans révolution*, André Thirion, qui n'est pas vraiment tendre pour les trotskystes, dresse un portrait plutôt admiratif de ce grand gaillard dont les filles tombaient facilement amoureuses : « Modeste, doux mais intransigeant et obstiné, intelligent, travailleur, vivant de peu, c'était une sorte d'ange esclave d'une révélation qui le préservait de l'impureté, des hésitations, des doutes et le remplissait de joie ineffable. »

Ce qui me plaît chez « Van », comme l'appelaient ses camarades, c'est évidemment ce mélange d'idéalisme et d'activisme dont la trame d'humanité profonde ne semble jamais l'avoir quitté, même après que les idéaux eurent été ébranlés et l'action abandonnée. Publiés en 1978 par un autre ancien trotskyste, Maurice Nadeau, ses *Sept ans auprès de Léon Trotsky* sont, de tous les récits que je connaisse, le témoignage le plus à hauteur d'homme sur ce grand homme-là. Écriture sans bavardage, quête d'exactitude, refus de censurer les épisodes délicats, souci de ne pas taire l'écho privé des drames historiques. « Il y aura sans doute des malentendus, avertissait-il en prologue. Une expérience passée ne se transmet pas comme un objet. Sa transmission est une reconstruction, reconstruction par celui qui écrit et reconstruction, parfois différente, par celui qui lit. »

J'aurais dû faire mienne cette mise en garde, qui est de bonne précaution.

En août 1933, à Saint-Palais, près de Royan, Jean van Heijenoort fut le silencieux témoin de l'ultime dialogue entre Malraux et Trotsky, juste après le coucher de soleil, durant une marche qui les mena jusqu'à un promontoire dominant l'océan. Il nous rend spectateurs de la scène : le ciel qui s'assombrit, le bruit des vagues, les gestes saccadés de l'écrivain qui s'enflamme, les gestes méthodiques du révolutionnaire qui se maîtrise. Son témoignage recoupe celui de Malraux : leur dernier sujet de conversation fut bien la mort.

Cependant Van Heijenoort n'en fait pas le même compte rendu que Malraux. L'écrivain se souvient que Trotsky a évoqué un « décalage d'usure » entre le corps et l'esprit : s'il n'existait pas, « la mort serait simple, il n'y aurait pas de résistance ». Le militant rapporte une repartie plus carrée, moins spéculative : « Quand un homme a accompli la tâche qu'il s'est donnée, quand il a fait ce qu'il voulait faire, la mort est simple. » Il me faut en convenir : cette fois, Trotsky donne plutôt raison à Jospin. À Jospin citant prétendument Malraux : s'il est entendu que l'on meurt comme l'on a vécu et si l'on ne meurt en paix qu'à condition d'avoir vraiment fait ce que l'on voulait faire, c'est que, en effet, on est d'abord ce que l'on fait. Cette complicité ne doit rien au hasard : au-delà des lieux communs, c'est une figure classique de l'être militant qui fait vœu de renoncement intime et de dévouement collectif. Le nous prend le pas sur le je, la discipline sur le libre arbitre, et l'action sur la pensée. Vécu comme un absolu, l'engagement cadenasse, claquemure, enferme au point que certaines rigidités et froideurs militantes brûlent de mille feux intérieurs enfouis au plus profond dans une douloureuse maîtrise de soi.

« Je ne connais pas de tragédie personnelle. Je ne connais que la substitution d'un chapitre de la révolution à un autre », affirme carrément Trotsky dans son autobiographie. Pas de petite histoire donc, que de la grande. Pierre Naville rappelle ce précepte moral — d'une « morale combattante », précise-t-il — dans son *Trotsky vivant* alors même qu'il se remémore une scène authentiquement tragique dont, avec Victor Serge, il fut témoin : les obsèques d'Abraham Joffé, suicidé protestataire. Moscou, novembre

1927, l'opposition de gauche a perdu et cet éminent bolchevik de la vieille garde, gravement malade et dans l'impossibilité de se soigner, se tire une balle dans la tête en manière de protestation. Joffé laisse une lettre testamentaire adressée à Trotsky dans laquelle, à l'heure où on ne ment pas, il dit au camarade admiré qu'il avait politiquement raison depuis longtemps, y compris contre Lénine, mais qu'il s'est trop souvent laissé aller à des compromis inutiles. Pas de tragédie personnelle, mais néanmoins un rôle clé de l'individu dans l'histoire. Des hésitations, des faux pas, des erreurs, des atermoiements qui, parfois, accélèrent les tragédies collectives. Le discours de Trotsky devant la tombe de son vieil ami, où il martela le nom de l'adversaire — *biourocrat !* —, fut sa dernière prise de parole publique en terre soviétique. Un suicide, une tombe, un discours, puis le long cortège des cadavres aux fronts troués.

Morale de l'action, la morale révolutionnaire contient sa propre contradiction : prié de s'effacer devant la grande Histoire, ses lois et ses nécessités, l'individu est en même temps sommé de s'en saisir, de l'infléchir ou de l'accélérer. Apparemment relégué, il ne cesse de reprendre ses droits tout en prétendant immodestement le contraire. Dans leur jeunesse, l'un des bréviaires des futurs bolcheviks, œuvre du marxiste russe Plekhanov avec lequel ils allaient rompre comme des fils tuent leur père, était une réflexion sur les grands hommes et leur terrible puissance. Son titre? *Le Rôle de l'individu dans l'Histoire.* Évidemment, les temps de repli et de défaite font mieux percevoir cette pensée maladroitement cachée par ceux qui prétendent n'être qu'au service des lois de l'Histoire. Tenu secret en Union soviétique jusqu'à la déstalinisation khrouchtchévienne, le fameux *Testament de Lénine* n'est ainsi qu'un relevé sommaire de notations individuelles, de jugements approximatifs sur les hommes et sur leurs caractères — essentiellement Trotsky et Staline, qualités et défauts comparés. La politique qui s'y énonce est strictement affaire de personnes.

De même, dans ses dernières années, Trotsky ne cesse-t-il de s'interroger sur le rapport entre individus et événements, entre personnalités politiques et époques historiques. Le 10 mai 1938, du Mexique où il manque de livres et de bibliothèques, il demande à Denise Naville, l'épouse de Pierre, de constituer un groupe de travail afin de rassembler une documentation sur cette « question théorique d'une grande importance » — les liens qu'entretiennent l'homme, son milieu et le moment, l'individu, son histoire personnelle et l'Histoire humaine. Jean van Heijenoort joue l'intermédiaire, se faisant insistant de lettre en lettre. Le groupe est constitué, et il nous faut les imaginer tous, bûchant, annotant, classant, tels des étudiants studieux : les Naville bien sûr, mais aussi David Rousset et Maurice Nadeau, ou encore ce « camarade roumain très sérieux », « Barta », l'inventeur de ce qui allait devenir Lutte ouvrière. Il était minuit dans le siècle, et ils prenaient le temps de s'interroger sur la relation des grandes circonstances et des grands hommes, de ce qu'ils ont fait de celles-là et de ce qu'ils ont caché d'eux-mêmes…

Entre le « ce qu'il fait » et le « ce qu'il cache » s'étend donc cet entre-deux incertain où se joue le pari de l'action et de la pensée, le rapport en effet du caractère et du destin — Malraux voyait juste. Naville aussi : ayant participé à l'invention du surréalisme au côté d'André Breton avant de participer à la fondation du trotskysme français, il savait que le réel n'offre pas l'entière clé du monde. Revendiquant au début de son *Trotsky vivant* l'admirative chance d'avoir rencontré « un homme qui soit la mesure de toute chose », il assume cependant des curiosités qui s'éloignent des chroniques pieuses, encombrées de déterminismes historiques et de faits accomplis : « J'estime qu'un personnage historique a droit tout comme un autre, et peut-être même plus que d'autres, à une connaissance personnelle. Nous voulons comprendre son caractère, éprouver ce qu'il y a toujours de secret non seulement dans son destin, mais aussi dans ses démarches particulières, dans son intelligence, dans ses passions. »

Car, sous cette sorte d'héroïsme moral qu'affichent, face à l'adversité, les cohortes minoritaires, les passions travaillent, évidemment. Loin de tout catéchisme, c'est à Van Heijenoort qu'on doit, de ce point de vue, la plongée la plus hardie. Au Mexique, Trotsky vécut une passion amoureuse aussi soudaine qu'éphémère avec la peintre mexicaine Frida Kahlo, la femme de Diego Rivera. Un temps éloigné de son épouse, Natalia, il culpabilisa et lui écrivit, le 19 juillet 1937, ceci : « Depuis que je suis arrivé ici, ma pauvre bitte n'a pas bandé une seule fois. Comme si elle n'existait pas. Elle aussi se repose des efforts de ces jours passés. Mais moi tout entier — à part elle — je pense avec tendresse à ton vieux con chéri. Je veux le sucer, y enfoncer ma langue, dans sa profondeur même. Natalochka, chérie, je te baiserai encore bien fort, avec ma langue et avec ma bitte. Pardonnez-moi, Natalochka, ces lignes ; c'est, je crois, la première fois de ma vie que je vous écris ainsi. Je t'embrasse bien fort, en serrant tout ton corps contre moi. »

Quand j'ai évoqué devant lui cette correspondance, Pierre Naville est rapidement passé à autre chose. Bien qu'il ait eu un père protestant genevois, je ne pense pas que ce fût par pudibonderie. La très séduisante Denise, sa première épouse à laquelle on doit de grandes traductions, laissa de forts souvenirs aux surréalistes : elle inspira des poèmes à André Breton, Paul Éluard, René Char, et Louis Aragon la fit apparaître en filigrane dans son conte érotique, *Le Con d'Irène.* J'imagine plutôt que ce fin lecteur jugeait cette littérature improvisée plus ordinaire qu'audacieuse, ce en quoi il n'avait pas tort. Mais l'essentiel, à mes yeux, est que, ignorant les interdits d'éventuels curés rouges, « Van », comme l'appelait Trotsky, se soit refusé à censurer la correspondance de Léon et Natalia entre 1933 et 1938 de ses quelques passages licencieux.

Tout simplement parce que l'humanité dont il rendait compte ne lui semblait pas sécable. Dans ses mémoires iconoclastes, il montre sans prendre de gants un Trotsky avec « quelque chose de didactique, parfois d'un peu pédant et, je dirais presque, de conservateur » et raconte, sur le même ton, les quelques aventures amoureuses du « Vieux » dont il a eu connaissance, tout comme il recense débats, divergences, scissions, conflits, soupçons, mésententes, agents staliniens infiltrés, pérégrinations aventureuses, etc. Pourtant ses souvenirs sont éminemment politiques, mais d'une politique qui, loin d'être désincarnée, serait d'homme.

Entièrement d'homme, sans faire le tri. Et, notamment, sans effacer ce cri du cœur — et d'amour — d'un Trotsky en pleine crise de jalousie rétrospective et de mauvaise foi active. Déstabilisé par son aventure avec Frida, il s'empressa de reprocher à Natalia une infidélité qu'elle aurait eue… en 1918 et, pour justifier cette longue mémoire, lui lança : « Le passé, c'est le présent ! »

Présence vive du passé, passé encombré d'à-présent… Espérance révolutionnaire et passion amoureuse partagent un même goût pour la discordance des temps. Trotsky à Natalia : « La vieillesse, me disais-tu un jour à Domène, c'est quand il n'y a plus de perspectives. Et, pourtant, nous avons des âmes si fraîches, toi et moi, surtout toi, Nata, mon impérissable. » Son impérissable…

Cette promenade dans un monde que tant d'événements ont, depuis, englouti est une façon de dire que, contrairement à ce que voudraient faire croire certains de ses professionnels, la politique n'est pas réductible à elle-même et à elle seule. La vérité dont elle se réclame est forcément contrainte, privée de tous ces interstices, jeux, ironies, bifurcations, drames, joies, impulsions, lapsus, hoquets, retournements, surprises, inconscients, actes manqués, hasards, boucles et ricochets qui en sont la trame humaine. À tel point que, pour bien en rendre compte, il faudrait pouvoir la compléter souterrainement et l'éclairer de biais, en inventant une écriture du politique qui soit aussi une politique de l'écriture.

Trotsky l'avait compris à sa façon, malgré son conservatisme et ses conventions qui en faisaient une victime de ce « paradoxe de Blanqui » inventé par Naville : « Ce goût futile, paradoxal, de grands révolutionnaires pour un art littéraire qui n'a de la grandeur et de l'ordre qu'une apparence dégradée... » Il faut dire qu'Auguste Blanqui, dit « l'Enfermé », prisait par-dessus tout les tragédies de Népomucène Lemercier et que Trotsky était indifférent à Proust ou Baudelaire, leur préférant Anatole France. Il n'empêche : par intuition et conviction politiques, « le Vieux » sut aller contre lui-même, ses penchants et ses préjugés. Pour preuve, cette lettre de Léon Trotsky à André Breton, le 22 décembre 1938 : « La lutte pour les idées de la révolution dans l'art doit commencer une nouvelle fois par la lutte pour la vérité artistique, non dans le sens de telle ou telle école, mais dans le sens de la fidélité inébranlable de l'artiste à son moi intérieur. Sans cela, il n'y a pas d'art. "Tu ne mentiras point", voilà la formule du salut. »

Le moi intérieur, donc. Déjà en novembre 1932, à Copenhague, peu avant son séjour français, lors du seul meeting public où il fut autorisé à prendre la parole durant son ultime exil, Trotsky n'avait pas hésité à se lancer dans un fougueux éloge de Sigmund Freud, cet homme dont « la main géniale a soulevé le couvercle du puits poétiquement appelé l'âme humaine » et grâce auquel nous savons que « notre pensée consciente ne constitue qu'une faible partie du travail des forces psychiques obscures ». Le propos est élémentaire, le savoir superficiel, la réflexion plutôt scientiste, mais peu importe : à l'heure du malaise dans la civilisation, Trotsky fut sans doute le seul homme politique de son temps à avoir fait de la psychanalyse un argument de tribune.

À la vérité, il l'avait fréquentée de plus près qu'aucun autre dirigeant révolutionnaire et avait intuitivement compris ce qu'elle avait d'émancipateur. Séjournant à Vienne avant la Première Guerre mondiale, il y avait retrouvé une camarade et amie, Raïssa Epstein, devenue l'épousc d'Alfred Adler, fondateur de l'École de psychologie individuelle et, surtout, premier grand dissident de l'histoire du mouvement psychanalytique — Freud et Adler finirent par se détester violemment. Or Adler fut le thérapeute du dépressif Joffé, l'ami très cher, le suicidé protestataire. Les Trotsky et les Adler sympathisèrent, restant en relation jusqu'aux années d'exil, à tel point que, selon Jean van Heijenoort, un des premiers agents staliniens infiltrés dans l'entourage du « Vieux », Jakob Frank, avait été recommandé, en toute bonne foi, par Raïssa Adler.

Le discours politique de Copenhague recèle donc un texte caché, affectif : quand Trotsky évoque publiquement la psychanalyse, il pense intimement à Joffé qui fut, en ce domaine, son initiateur. Mais à cette relation causale et rationnelle s'ajoutent bien d'autres résonances, comme en cascade. De Trotsky à Malraux, aller et retour, en passant par Jospin, via Freud, Adler, Fraenkel, Sperber...

À Saint-Palais, Trotsky eut de longues discussions avec un brillant économiste, socialiste de gauche allemand, Fritz Sternberg, qui fut, en cette matière, le grand élève de Rosa Luxemburg. Or on doit à Sternberg, en 1932, une contribution sur Marx et Freud dont le thème est le refoulement, plus précisément « l'hypertrophie du refoulement » qui caractériserait les sociétés capitalistes. Il se trouve que l'éditeur-dénicheur de ce texte, publié quarante ans plus tard en France, n'est autre que Boris Fraenkel, l'ancien « cornac » de Lionel Jospin, qui en témoignant ouvertement des premières années militantes de ce dernier lui reprochera de « refouler » son passé trotskyste. Chez Freud, faut-il le rappeler, le refoulement d'un souvenir est comparé au dégoût ressenti devant un « objet puant ». Pendant la guerre, jeune sioniste de gauche venu des confins de l'Allemagne et de la

Pologne, Boris Fraenkel atterrit dans un camp d'internement en Suisse qui sera l'université où il basculera vers le trotskysme. Parmi ses compagnons d'infortune qui seront aussi ses éducateurs, il y avait le romancier et philosophe Manès Sperber, ex-communiste ayant fréquenté l'« appareil » international. J'en arrive au final : Manès Sperber fut le biographe et, un temps, le disciple du psychanalyste Alfred Adler ; il fut aussi un grand ami d'André Malraux qu'il qualifia un jour de « Saint-Just de l'antifascisme »...

M'autorisant ces échappées belles, promenades et flâneries, je ne voudrais pas laisser croire que tout se tient. C'est plutôt que les vies nous disent aussi ce qui circule, souterrainement, des uns aux autres, l'inconscient des parcours et des pensées, les liens obscurs des époques et des individus, la magie des idées surtout. Entre fleuves et ruisseaux, je m'efforce de suivre ces courants-là qui, d'ordinaire, ne se donnent pas à voir.

Il fut encore question de Freud, en 1938, lors des conversations mexicaines de Trotsky et Breton qui accouchèrent, laborieusement à la vérité, du « Manifeste pour un art révolutionnaire indépendant » où figurent ces quatre mots, décisifs : « Toute licence en art ». Sous la plume de Breton, le projet initial ajoutait une restriction : « ... sauf contre la révolution prolétarienne », biffée sans hésitation par Trotsky. En août 1933, Freud avait été aussi au menu de l'échange avec Malraux. « Détective de génie, philosophe désastreux », tranchait l'écrivain. Une doctrine « bien utile » cependant, opposait le révolutionnaire, qui pourrait aider l'homme à se délivrer de lui-même et de ses contradictions.

« La mer, raconte Malraux, frappait toujours les rochers dans la nuit qui commençait », et c'est alors que Trotsky lui aurait confié ceci où l'utopie politique rejoint l'ambition littéraire : « Voyez-vous, l'important est : voir clair. Ce qu'on peut attendre du communisme, c'est d'abord plus de clarté. Il faut délivrer l'homme de tout ce qui l'empêche de voir. »

Voir clair, en effet.

6
La petite histoire

À Saint-Palais, André Malraux et Léon Trotsky n'ont probablement pas parlé de leurs enfants. Quand on discute du sort de l'humanité, on ne demande pas des nouvelles de la famille. L'année même de la rencontre, André Malraux avait pourtant eu une fille, Florence, née le 28 mars 1933, son premier enfant. Deux mois et demi plus tôt, Léon Trotsky avait perdu la sienne.

Le 5 janvier 1933, dans son appartement de Berlin, Zinaïda Lvovna Bronstein, que son père appelait Zina, écrivit une lettre d'adieu, calfeutra les issues, puis ouvrit le gaz. Le 30 janvier 1933, le maréchal Hindenburg appelait Hitler à la chancellerie, les nazis commençaient leur règne et le IIIe Reich s'apprêtait à durer non pas mille ans, mais douze qui, dans nos mémoires, pèsent comme des millénaires.

Il arrive que la petite et la grande histoire racontent un même drame. Tuberculeuse, Zina sombrait lentement dans la folie, à mesure que la folie saisissait le monde dans la tenaille du stalinisme et du nazisme. Et son père, père absent et distant, dévoré par l'Histoire, n'y comprenait rien. « Cher papa, j'attends de toi ne fût-ce que quelques lignes », lui écrivit Zina, le 14 décembre 1932. Inconscient, Trotsky souhaitait qu'elle retourne se soigner en URSS où presque toute la famille Bronstein, non seulement proche mais aussi éloignée, qu'on y fût ou non engagé en politique, sera anéantie à partir de 1937 sur ordre de Staline. Impuissant devant une maladie qu'il vivait comme une agression et affrontait en jugeant sa fille selon des catégories morales, il crut se rendre utile en adressant à son psychanalyste les lettres qu'elle lui avait écrites. Zina, qui était devenue la maîtresse de son médecin et mourut enceinte, l'apprit et en fut mortifiée. On dit que, de tous les enfants de Trotsky, c'était elle qui lui ressemblait le plus, dans ses traits comme dans sa personnalité.

Première épouse de Trotsky, Alexandra Lvovna, la mère de Zina, lui écrivit, après le décès, une lettre franche où elle lui reprochait, sans acrimonie, sa « difficulté à concevoir des explications personnelles », tant il pensait trouver les bonnes réponses dans le mouvement propre de l'Histoire. « Je ne crois plus en la vie, concluait-elle. Je ne crois plus qu'ils grandiront. Je suis toujours dans l'attente d'une nouvelle catastrophe. » Alexandra Lvovna fut fusillée en 1938, ses deux petits-fils disparurent sans qu'on retrouve leur trace, ses trois gendres furent eux aussi liquidés. La fille de Zina, qu'elle avait été contrainte de laisser en URSS, survécut, mais elle fut arrêtée en 1949 en tant qu'élément socialement dangereux et exilée au Kazakhstan, jusqu'en 1956, en tant que petite-fille de Trotsky. Seul le fils de Zina, Sieva, avait été autorisé à la suivre en exil. À Berlin, en janvier 1933, il était au jardin d'enfants quand sa mère s'est suicidée. À Mexico, en août 1940, il revenait de l'école quand, dans la maison de Coyoacán, l'agent des services soviétiques Ramon Mercader, alias « Jacques Mornard » ou « Frank Jacson », asséna le coup de piolet fatal sur le crâne de son grand-père. Père de quatre filles, il vit encore, au Mexique.

« Pas de tragédie personnelle », avait écrit Trotsky. C'était évidemment une consigne, aucunement un constat. Un mot d'ordre politique devenu une conduite de vie. La vérité vraie est que ce versant de l'histoire tragique du XXe siècle est tout entier tissé de tragédies personnelles où elle s'inscrit et résonne. Militants, nous ne cessions de revisiter ces vies légendaires, légendaires parce que simplement tragiques, des vies dont le seul sacrifice valait témoignage d'héroïsme. À la rationalité de nos engagements initiaux s'ajoutait une fascination respectueuse pour des drames qui comptaient parmi les signes annonciateurs de la grande catastrophe et pour leurs victimes vis-à-vis desquelles nous nous sentions débiteurs, chargés d'honorer une dette de mémoire. À mesure que nous en prenions connaissance, nous pensions en être les gardiens, sinon les héritiers. Dans le souvenir de Jean van Heijenoort, c'est d'ailleurs Pierre Frank qui, de garde ce jour-là à Prinkipo, reçut le télégramme annonçant le suicide de Zina et le remit à Natalia pour qu'elle annonce la nouvelle au « Vieux ». « Dans les jours qui suivirent, Trotsky entrouvrit de temps en temps la porte de la chambre pour demander du thé, ajoute "Van". Lorsque, quelques jours plus tard, il sortit pour se remettre au travail, il avait les traits ravagés. »

Il y eut certes bien pire, tant le siècle passé ne fut pas avare en horreurs et monstruosités. Mais, tels deux coups sourds d'horloge, les suicides de Joffé à Moscou en 1927 et de Zina à Berlin en 1933 me semblent deux drames inauguraux, marquant à échelle infiniment humaine l'entrée lucide et consciente de la geste trotskyste dans l'immense tragédie collective, entre goulags et Shoah. Car notre éducation politique ne fut pas de victoire, mais de défaite. Nos héros étaient morts vaincus et, loin de nous lamenter et de les pleurer, nous pensions que leur sacrifice avait valeur de promesse. Du tragique, nous apprîmes non pas le goût — morbide —, mais le sens — lucide. Une discipline que, en Europe du moins, la plupart d'entre nous n'eurent heureusement pas à éprouver, la grande Histoire ayant choisi de fixer ses rendez-vous ailleurs.

Mais si j'y insiste, c'est pour faire entendre la part d'imaginaire qui se mêlait à nos théories, réflexions et polémiques, d'un imaginaire devenu principe actif, supplantant parfois la logique plus froide et sèche des raisonnements politiques. La légende devenait représentation commune et la mémoire, action collective. Telle fut, telle est toujours la puissance tragique de drames comme celui de Zina, Antigone des temps modernes, Clio d'apocalypse, dont le suicide annonçait la plongée du siècle dans l'enfer, drames que, d'ordinaire, échouent à rendre des récits linéaires qui racontent plus qu'ils ne suggèrent. Seul un cinéaste me semble y être parvenu, sans montrer, mais en évoquant : *Zina* (1985) est le film le plus abouti du Britannique Ken MacMullen, auquel on doit également un *1871* (1990), tableau minimaliste d'un autre paysage de mémoire, la Commune de Paris.

De nos jeunesses liguardes de l'immédiat après-68, c'est encore un film qui dit au mieux les clairs-obscurs, tensions et ambiguïtés, *Mourir à trente ans* de Romain Goupil. Un film autour d'un suicide, celui de Michel Recanati, dit « Ludovic », ou plus simplement « Ludo », dirigeant des Comités d'action lycéens en Mai 68, membre du bureau politique de la Ligue, responsable de sa

« Commission très spéciale » ou « CT », chargée du service d'ordre, incarcéré quelque temps à la prison de la Santé en 1973, après une manifestation violente contre un meeting de l'extrême droite, suivie de notre dissolution par le ministre de l'Intérieur... « Ludo » dont le suicide, le 23 mars 1978, fut comme le signal sinistre d'un changement d'époque. « En souvenir de la révolution future » : relisant l'article ainsi titré que je commis, dans *Le Monde*, le 19 mai 1982, quand le film de Romain fut montré à Cannes, je suis surpris d'y retrouver l'écho fidèle de ce qui me préoccupe, ici même, vingt ans après :

« Michel Recanati prenait tout à cœur. Tendu et entier, il pouvait être cassant. Sérieux, très sérieux, il préférait aux "fringues" et aux "boums" l'organisation minutieuse d'opérations spectaculaires, l'attaque surprise du consulat américain ou l'accrochage d'une banderole sur le toit de la Madeleine. Rigoriste, méticuleux dans l'accomplissement d'un devoir politique qu'il s'était choisi. Sérieux, trop sérieux, et certains auront plaisir à y déceler l'esclavage de "l'idéal militant", les ravages d'une "libido" contrainte. On préférera y voir l'action de ce besoin d'Histoire, qui imposait de reléguer failles et troubles sous la pudeur et la réserve. Y voir la rigueur d'un choix où, délibérément, par efficacité et conviction, l'intime ne doit pas se mêler au politique... Contradiction qui fait le militant fendu par le milieu. Évidemment, ce n'est pas commode, surtout quand l'Histoire ne suit pas le rythme, quand s'immiscent la patience et l'attente, si raisonnables. »

Ces mots disent vrai, mais ils sont en même temps si maîtrisés et contrôlés qu'ils me semblent, aujourd'hui, traîtres et menteurs. Ils cachent, à l'égard de « Ludo », dont le destin fut authentiquement tragique, un sentiment tenace de culpabilité. J'ai ainsi le souvenir d'un dîner improvisé, dans un restaurant quelconque, après sa sortie de la Santé où, lui confiant maladroitement mon regret de ne pas lui avoir fait signe pendant sa détention, je fus sèchement remis à ma place : mes phrases solidaires étaient bien tardives, ne me coûtaient guère et ne lui étaient plus d'un grand secours. Tant pis pour Spinoza et ses recommandations : dans mon rapport à cette histoire humaine précise, il entre une part de remords où la politique n'est qu'une enveloppe de surface. Sans en avoir jamais élucidé la raison profonde, j'ai fini par comprendre que je vivrais toujours avec cette faiblesse : la quête infinie, forcément impossible et toujours insatisfaite, d'un frère perdu ou manqué, grand ou petit frère, lointain ou proche, je ne sais pas, je ne sais plus.

Dans un carnet que je tenais à cette époque, je retrouve tout ce que je n'ai pas mis dans cet article qui, du coup, me fait l'impression d'un iceberg, cachant l'essentiel sous la ligne de flottaison. Par exemple : *Michel Recanati était sérieux, rigoriste, "coincé" diraient certains... Mais son pseudo raccourci était "Ludo", comme ludique. Le jeu. Instinct de vie, instinct de mort.* J'y expliquais aussi pourquoi je m'étais senti obligé d'écrire ce papier que personne ne m'avait commandé : je voulais assumer publiquement ma nature hybride, ce métissage où je me joue des frontières étanches qui distinguent un dehors et un dedans. Vingt ans après, je persiste : refusant un itinéraire réduit à une identification totale, successive et hermétique, au militantisme hier et au journalisme aujourd'hui, je m'entête, en prenant le risque de ce livre-ci, à combattre le partage entre ce que l'on fait et ce que l'on cache.

En ce sens, je suis un peu sévère avec ce que j'écrivais en 1982 : sous une écriture réservée, qui est une forme de pudeur, cette intention-là était déjà perceptible. Apparemment d'éclairage, en fait de témoignage, cet article accompagnait la critique cinématographique proprement dite où il était très justement dit que « Romain Goupil réussit l'étrange prodige de presque tout rattacher au cinéma », comme si la mémoire lui était naturellement d'images. « Le cinéma, ajoutait le critique Louis Marcorelles, a pu, pour certains, recouvrir des choix moraux très profonds, où le mythe n'exclut pas toujours la mystification involontaire. » Jusqu'à nos jours, avec son intransigeance esthétique, son refus de se mentir, cette façon de transformer l'acte de filmer en éthique de vie et d'inventer ses plans comme d'autres gribouilleraient des journaux intimes, Romain symbolise la place du cinéma dans nos imaginaires.

Autant qu'une grande amitié de jeunesse ou que l'activisme militant à la Ligue, le cinéma est le troisième sujet de *Mourir à trente ans.* Il y joue ses propres rôles de composition par le biais des nombreuses improvisations, citations et influences, qui transforment ce film en exploration intime de l'art nouveau du XXe siècle, entre Jean Vigo, S.M. Eisenstein et Jean-Luc Godard. Mais il y a plus encore. Dans le drame de « Ludo », le cinéma occupe une place psychologique secrète que ne livrait pas Romain. Il laissait juste entendre que, dans ce qui faisait Michel « fendu par le milieu », il y avait ce père qui n'était pas le vrai, ou plutôt ce vrai père qui n'était pas le père biologique. « Ludo » fut élevé, et sans doute aimé, par Jean Recanati, l'ami de Roger Vailland auquel on doit un portrait inégalé de l'écrivain, *Esquisse pour la psychanalyse d'un libertin* — Vailland qui disait : « La psychanalyse ne m'intéresse pas, je vois très clair en moi. » Voir clair, encore une fois... Mais ce père en cachait un autre, ce que Michel n'aurait appris que fort tard : Louis Daquin qui, après guerre, fut en quelque sorte le cinéaste communiste officiel, secrétaire général du Comité de libération du cinéma en 1944...

Le cinéma fut donc notre récit privilégié. Étudiante à la faculté de Nanterre, militante du Mouvement du 22 mars, Nicole, aujourd'hui la femme de ma vie, s'y fit d'abord connaître comme animatrice du ciné-club universitaire. Pour ma part, je ne l'ai connue — ou plutôt aperçue — que bien après, en 1971, durant un coup de foudre muet dont je ne me lasse pas de revisiter la scène. Le lieu prédispose aux reconstitutions théâtrales : une sorte de cirque, à Rouen ; je suis au balcon, au titre des commissions internationales, observateur et non pas délégué ; c'est un congrès de la Ligue ; en bas, une camarade s'avance dans la travée du milieu et se dirige vers la tribune ; elle est inscrite pour y intervenir au nom du « groupe Tha Thu Thau », regroupement critique éphémère qui ne s'était pas constitué en tendance et avait pris pour symbole le nom d'un trotskyste indochinois assassiné en 1945, probablement par les communistes vietnamiens ; je ne la vois d'abord que de dos, une démarche, un corps, un mouvement, une allure, des formes, une longue chevelure brune, puis je la regarde parler, ne retenant rien de son propos, ne voyant plus que son visage, n'ayant d'yeux que pour ses yeux.

Le « pseudo » qu'elle avait choisi était « Emmanuelle », prénom qui commençait tout juste à être associé aux aventures d'Emmanuelle Arsan, dont on a oublié que ce fut un livre avant de devenir un film. J'attendrais plus d'un an avant d'oser lui adresser la parole, et je mentirais, bien sûr, si je laissais croire que nos coups de foudre supposaient la fidélité amoureuse. Tout comme les premiers anarchistes pensaient que la propriété, c'est le vol, nous assimilions l'exigence de fidélité à l'instinct de propriété. Nos jalousies restaient muettes et nos passions survivaient ou sombraient, dans le risque des malentendus et des blessures.

Je tenais seulement à dire que cette passion-là a survécu.

« La véritable expression de l'art communiste, n'est-ce pas le cinéma ? » demandait Malraux à Trotsky à Saint-Palais, avant de s'inquiéter : « Il y a dans le cinéma une autre façon d'écrire, une façon d'écrire avec autre chose que des mots, qui pourrait bien tuer l'écriture même. » « L'humanité n'abandonne pas ce qu'elle a conquis une fois », lui répondit Trotsky qui n'avait jamais pris le temps d'aimer le cinéma mais restait toujours confiant dans un illusoire sens de l'Histoire.

S'ils parlèrent du cinéma et, comme on l'a vu, de la mort, de tout et de rien en somme, les deux hommes n'évoquèrent évidemment pas le sort de Zina. À supposer que Malraux eût connu son suicide, ce n'aurait été qu'un épisode doublement secondaire, enfoui sous la marche de la grande Histoire et protégé par le grand partage du public et du privé, des curiosités ouvertes et des soucis cachés. Quant à Trotsky, dont la raideur janséniste amena Naville à comparer l'opposition de gauche aux solitaires de Port-Royal, nous sommes déjà familiers de ce qu'aurait été sa réponse : pas de faiblesse, pas de confidence, pas de tragédie personnelle. La résistance comme principe de survie, le combat comme retour à la vie, la grande Histoire comme bouée de sauvetage, l'urgence des tragédies collectives à conjurer comme antidote au souvenir lancinant des tragédies personnelles.

Florence Malraux, la fille d'André et Clara, s'est intéressée au cinéma : elle travailla notamment sur le tournage de *Jules et Jim*, le film de Truffaut. C'était en 1961, à une époque où, pour Florence comme pour nombre de celles et ceux qui, en France, eurent vingt ans dans les années 1950 et 1960, la tragédie collective n'était pas une idée abstraite, mais une réalité concrète. Elle s'appelait la guerre d'Algérie.

En 1958, déjà anticolonialiste déterminée et courageuse, Florence Malraux, qui travaillait alors à *L'Express* de Françoise Giroud, arracha à son père une signature contre la saisie de *La Question*, le témoignage d'Henri Alleg sur la torture durant la bataille d'Alger publié aux

Éditions de Minuit. Malraux n'avait certes pas prévu la suite du calendrier. Deux mois avant de se retrouver ministre de De Gaulle, il signa donc cette « Adresse solennelle à M. le président de la République » en compagnie de Roger Martin du Gard, François Mauriac et Jean-Paul Sartre. Les quatre « soussignés » ne se contentaient pas d'y protester « contre toutes les saisies et atteintes à la liberté d'opinion et d'expression » et de demander que « la lumière soit faite sur les faits rapportés » ; ils sommaient « les pouvoirs publics, au nom de la Déclaration des droits de l'homme et du citoyen, de condamner sans équivoque l'usage de la torture, qui déshonore la cause qu'il prétend servir ».

La suite fut moins glorieuse : on est rarement officiel impunément. Après l'arrivée au pouvoir du général, la torture a continué, hélas, et il fallut encore quatre ans pour que l'Algérie devienne enfin algérienne. Quand *La Gangrène*, récit de militants du FLN, aux Éditions de Minuit encore, fut saisi, Malraux ne broncha pas. Les lettres ouvertes de l'écrivain Graham Greene, les appels de l'éditeur Jérôme Lindon, les critiques de l'ex-trotskyste Maurice Nadeau n'y firent rien : sa quête du grand homme s'était définitivement muée en raison d'État. Et quand Florence Malraux signa le « Manifeste des 121 pour le droit à l'insoumission », il lâcha : « Cette fois, je l'ai assez vue. » Il faudra la mort accidentelle de ses deux fils, en mai 1961, pour qu'il accepte de retrouver sa fille. « Quelle tragédie que ma vie ! » lui aurait-il confié cette nuit-là.

Olivier Todd, qui rapporte ce propos, a failli ne jamais devenir le biographe de Malraux, ni quoi que ce soit d'autre : à en croire le témoignage, paru en 2001, de Paul Aussaresses, *Services spéciaux, Algérie 1955-1957*, ce dernier projetait en 1957 de le liquider — « neutraliser », écrit-il —, comme d'autres sympathisants de la cause algérienne, l'avocate Gisèle Halimi et le journaliste Hervé Bourges notamment. C'est ainsi : je ne me lasserai jamais de ces chassés-croisés qui finissent par faire sens et dont je n'exclus pas qu'ils nous guident dans le dédale de nos vies. Cette séquence par exemple où, autour de Malraux et de l'Algérie, un enchaînement de hasards imbrique à nouveau trotskysme et mathématique, passions politiques et passions savantes.

Préparant en mai 2001 une émission sur l'affaire Aussaresses, j'ouvre une édition originale de *L'Affaire Audin*, le premier livre de l'historien Pierre Vidal-Naquet, dénichée chez un bouquiniste. J'y trouve le texte cosigné par Malraux, discrètement glissé entre les pages sous la forme d'une pétition à faire circuler et signer. Paru en mai 1958, *L'Affaire Audin* est une enquête sur la « disparition » après son arrestation par les parachutistes d'un militant communiste, Maurice

Audin, assistant de mathématiques à la faculté d'Alger. Or ce petit livre s'ouvre sur une préface dont l'auteur, Laurent Schwartz, rapporteur de la thèse d'Audin et l'un des mathématiciens les plus marquants du siècle, lauréat de la médaille Fields en 1950 et pilier du séminaire Bourbaki, a en outre la particularité d'avoir été trotskyste et de n'en avoir jamais fait mystère.

« S'il est partisan, c'est seulement de la vérité », écrit-il alors à propos de Pierre Vidal-Naquet qui vécut le combat contre la torture dans la République, pour les preuves et contre les mensonges, comme un second dreyfusisme en sa version péguyste. Quant au mathématicien, il restera pour toujours, aux yeux de son ami historien, un « ancien trotskyste », catégorie que les mémoires de Laurent Schwartz, parus en 1997, aident à définir. Bien qu'ayant pris ses distances cinquante ans plus tôt, en 1947, ce membre de l'Académie des sciences y évoque le trotskysme « comme connaissance du monde » et affirme avoir conservé de cette formation « une forme de raisonnement et d'analyse politique particulière dont la rigueur s'apparente à celle des mathématiques ». Et voilà que, à la page 128 de ses mémoires, Laurent Schwartz convoque la figure de son camarade en trotskysme Jean van Heijenoort, « mathématicien devenu révolutionnaire professionnel » qui, ayant refait sa vie aux États-Unis et pris lui aussi ses distances après guerre, revint à ses premières amours et se fit connaître par « un beau résultat sur les surfaces convexes » et « un remarquable ouvrage sur l'histoire de la logique ».

Prenant soin de rendre publique sa rupture, en 1948, par un article dans la *Partisan Review*, Van Heijenoort s'était d'ailleurs amusé à y ajouter une démonstration qui réduisait à zéro les prétentions scientifiques des écrits mathématiques de Marx et d'Engels, encombrés d'erreurs grossières accompagnées de beaucoup de suffisance. Ancien trotskyste à vie, lui aussi, il n'éprouvait cependant aucune gêne à expliquer avec sérénité son évolution, en 1978, à la dernière page de son livre de souvenirs. Dans ce bref manifeste de rupture avec l'idéologie bolcheviste dont Trotsky s'était voulu le gardien exclusif, sans scories ni impuretés, l'essentiel est dit avec simplicité et clarté, sans afféterie : « En 1948, les conceptions marxistes-léninistes sur le rôle du prolétariat et sa capacité politique me parurent de plus en plus en désaccord avec la réalité. C'est aussi à ce moment-là que fut connue, de ceux qui voulaient bien ne pas fermer les yeux ni se boucher les oreilles, toute l'étendue de l'univers concentrationnaire stalinien. Sous ce choc, je me mis à réexaminer le passé et j'en vins à me demander si les bolcheviks, en établissant un régime policier irréversible, en oblitérant toute opinion publique, n'avaient pas préparé le terreau sur lequel avait poussé l'énorme champignon vénéneux du stalinisme. »

Peut-être est-ce là justement ce qui distingue cette curieuse confrérie des « anciens » sans complexes et la rend dérangeante parce que inclassable : une fidélité sans orthodoxie, une mémoire sans croyance, une exigence sans dogme, une lucidité sans remords, bref, une façon particulière d'être au monde où la révolte reste de bon augure à condition qu'elle ne se mente plus à elle-même. En 1973, dans *Le Monde*, Laurent Schwartz lança avec Pierre Vidal-Naquet un appel « pour la moralité et la vérité en politique » qui soupçonnait toute organisation prétendant détenir une vérité absolue supposée sauver l'humanité d'être candidate à une dictature concentrationnaire et tortionnaire. Ce manifeste pourrait encore resservir : « Aucun pays, aucun régime, aucun groupe social n'est porteur de la vérité et de la justice absolue, et sans doute aucun ne le sera jamais. La terrifiante expérience du stalinisme, la transformation d'intellectuels révolutionnaires en apologistes du crime et du mensonge montrent jusqu'où peuvent conduire les identifications utopiques et l'attrait du pouvoir, ces tentations caractéristiques de l'intellectuel contemporain… Il n'y a pas de problème de la fin et des moyens. Les moyens font partie intégrante de la fin… Il n'y a pas de “bonne” torture, il n’y a pas de “bonne” police politique, il n’y a pas de “bonne” dictature… Il n’y a pas de libertés “formelles” qu’on puisse supprimer, fût-ce “provisoirement”, ou au nom des libertés “réelles” ou “futures”… Quelle que soit la partie du monde où il se trouve, le camp où il est engagé, dire la vérité — dire, à tout le moins, ce qu’il croit humblement être la vérité — est la tâche première de l’intellectuel… »

Le trotskysme a connu et connaîtra encore des pathologies, dérives et dérèglements. Mais l’expérience concrète qu’il a incarnée au siècle passé, de résistance à contre-courant, aura au moins servi à sauver, au cœur de l’espérance, ces principes-là. Pour demain et après-demain. Le trotsko-académicien Laurent Schwartz le sait si bien qu’il a souhaité, avec d’autres, revendiquer cette dette au long cours. En réponse au silence jospinien, il a signé, en juin 2001, un manifeste collectif intitulé « Le spectre du trotskysme », où l’on lit ceci, qui est plutôt digne : « Nous avons été, sommes ou ne sommes plus, serons peut-être à nouveau un jour, ou pas, trotskystes. Mais, toutes et tous, nous pensons toujours que la transformation sociale est à venir, que l’état du monde est encore inacceptable. Nous souhaitons un monde vivant, ouvert, libre, démocratique enfin. Un monde plus juste où la fortune ne décidera plus du sort du plus grand nombre. »

Je ne sais si les initiateurs de ce texte ont sollicité Michel Broué, dont la signature aurait aisément voisiné avec celle de Laurent Schwartz, son grand ancien en trotskysme comme en mathématique. Dans ses mémoires, l'aîné évoque avec amitié cet « excellent mathématicien mondialement connu » qui lui évoquait Vidal-Naquet jeune et qui, au début des années 1970, fut le pivot du Comité international des mathématiciens créé autour du cas Leonid Pliouchtch afin de mener campagne pour la libération de dissidents soviétiques. Or Michel Broué fut jusqu'en 1986 militant lambertiste — « il me rappelait ma jeunesse », écrit Schwartz —, tout comme son père, l'historien Pierre Broué, exclu de l'OCI en 1989, auquel on doit, notamment, la biographie de référence de Trotsky, dédiée à Jean van Heijenoort, et un travail de bénédictin autour de ses œuvres complètes.

Soucieux de laisser son fils tracer son propre chemin, Pierre Broué n'a ni recruté ni formé Michel Broué en trotskysme dans sa version lambertiste. C'est Lionel Jospin, alias « Michel », qui fut son pédagogue dans ces sas qu'ils nommaient Groupes d'études révolutionnaires (GER) et dont il me faut bien admettre, toute vieille rivalité de chapelle mise de côté, qu'ils durent être formateurs et efficaces.

Cette insistance mathématique qui, quasiment à mon insu, traverse cette remémoration indocile est une aubaine. Elle suggère l'envers, ou plutôt le complément logique, comme sont inséparables le yin et le yang, de nos passions militantes. Les deux pôles d'une tension fructueuse ou douloureuse selon que l'Histoire veut bien ou ne veut pas de nous. Accordés, il font des militances épanouies. Désaccordés, il font des militants déchirés.

Me retournant vers les livres qui accompagnent ce voyage comme l'on s'arrêterait pour lire une carte IGN sur un sentier de randonnée, je m'aperçois soudain que je ne fais ici qu'emprunter un chemin déjà tracé par d'autres. Consacré à ses années surréalistes, le premier tome des mémoires désordonnés de Pierre Naville s'intitule très naturellement *Le Temps du surréel*. Mais un surtitre général l'accompagne, que l'auteur laissera ensuite en jachère : *L'Espérance mathématique*...

C'est son ami Maurice Nadeau qui, au lendemain de sa disparition, en avril 1993, signa, dans *Le Monde*, l'hommage à Pierre Naville, « un des grands penseurs politiques de ce temps ». Cependant, tenait-il à préciser, « ce n'est pas comme penseur politique que, quand j'avais vingt ans, j'ai fait la connaissance de Pierre Naville, mais comme militant d'une grande force en marche qui, à des hauteurs diverses, nous mobilisait tous deux et qui s'appelait Révolution ».

Quand l'espérance mathématique s'est éloignée, la passion qui s'est emparée de Nadeau fut la littérature. C'est peu dire qu'il fut un amoureux attentionné. De tous les auteurs et chefs-d'œuvre qu'il nous a fait connaître, il n'y aurait que Malcolm Lowry et son *Au-dessous du volcan* que cela suffirait déjà à mon bonheur. Retour donc au Mexique de la fin des années 1930, étonnant laboratoire quand on y pense où, entre Coyoacán et Cuernavaca, révolution et littérature, quelques rares illuminés allumaient des feux qui brillent encore et continuent de s'entretenir mutuellement. On pourrait même, en s'arrangeant quelque peu de la chronologie, ajouter le cinéma : la seule échappée belle du cinéaste soviétique Eisenstein fut son séjour au Mexique, en 1931-1932, qui nous a légué *Que viva Mexico!*, film inachevé sur la révolution mexicaine et le meurtre du père dont le drame obsédera le cinéaste jusqu'à sa mort.

Maurice Nadeau ne s'est pas arrêté au seul *Au-dessous du volcan*, monument qui, disait-il, « se présente comme un monde clos, hérissé de défenses et entouré de remparts ». Il nous a aussi fait découvrir le reste de l'œuvre de Malcolm Lowry, notamment les nouvelles. L'une d'elles, *Le Sentier de la source*, a pour protagoniste un compositeur d'opéra auquel Malcolm Lowry fait dire ceci : « Une vie d'homme est une fiction qu'il invente à mesure qu'il progresse. » Oui, une fiction. Ce me semble une autre façon de dire cette petite histoire qui, nichée et lovée dans la grande, fait aussi les destinées.

Après avoir refait sa vie aux États-Unis, Jean van Heijenoort garda cependant nombre d'amis mexicains et, probablement, la nostalgie du dernier pays où il avait vécu auprès de Léon Trotsky. Sur le tard, il avait fini par épouser la fille de l'ancien avocat mexicain du « Vieux », Adolfo Zamora. Elle se prénommait Ana Maria, ils vécurent un temps dans la maison familiale de Mexico, puis ils se séparèrent, il ne supportait pas l'altitude, la pollution, le climat, il repartit vivre sur les campus américains, près des départements de mathématiques et des archives de Trotsky déposées à Harvard. Elle était dépressive et amoureuse, elle se morfondait, le réclamait sans cesse et, un jour de 1986, il céda et revint au Mexique pour, pensait-il, un bref séjour.

Le 28 mars 1986, Ana Maria Zamora l'a assassiné, avant de se donner la mort. Jean van Heijenoort est enterré à Mexico, comme Léon Trotsky, mais au cimetière des Français.

7

Le genre humain

Tout comme il envisageait de « neutraliser » le futur biographe de Malraux, Olivier Todd, le commandant Paul Aussaresses, qui termina général de brigade, aurait pu faire liquider le doyen Jacques Peyrega. Si, comme je m'y laisse volontiers entraîner, la mémoire invite à des détours, suscitant des résonances et associant des références, il arrive aussi qu'elle se souvienne, tout simplement. C'est ce qui m'est arrivé quand, lisant la confession tardive du général, je suis tombé sur ce nom : Jacques Peyrega...

Je me suis alors souvenu de mon père et moi, un soir de l'automne 1965, sur la route côtière menant d'Alger à Tipasa, à bord d'une vieille quatre-chevaux blanchâtre. Il était tard, il faisait nuit noire, et c'est à grand-peine que nous distinguâmes une forme allongée au milieu de la route, un grand escogriffe qui se leva soudain et fit un large geste, nous obligeant à stopper. Son visage saignait, il ne parlait qu'arabe, nous ne savions que faire et l'avons pris à bord, sans trop réfléchir. Il se plaignait, geignait, souffrait, nous finîmes par trouver, dans un village proche, un médecin qui nous crut d'abord responsables, avant de comprendre, de s'apaiser et de soigner notre éphémère compagnon qui s'était sans doute battu. Avec qui, pourquoi, nous ne le saurions jamais.

Ce souvenir, qui porte la trace d'une frayeur pré-adolescente, s'est mystérieusement imposé, avec une précision violemment cinématographique — des mouvements, des ombres, des lumières, des visages, des cadrages — quand j'ai lu la page 110 du livre du général Aussaresses. Ou plutôt la longue note n° 7 qui en occupe les deux tiers et qui vient compléter la mention des patrouilles menées de jour par les parachutistes, mention d'autant plus brève que l'essentiel du travail d'Aussaresses et de ses escadrons de la mort — arrestations arbitraires, tortures systématiques, exécutions sommaires — se faisait de nuit. Cette note évoque l'un des rares témoignages sur les exactions françaises qui ait quelque peu inquiété, au plus fort de la bataille d'Alger, les responsables de la répression. Il émanait d'un homme aussi libre que seul, le doyen de la faculté de droit d'Alger, le professeur Peyrega. Or, cette nuit de l'automne 1965, le cabanon où nous nous rendions, sur la plage à l'ouest de Tipasa, au pied du majestueux mont Chenoua, était celui de Jacques Peyrega et de sa famille, tout comme la quatre-chevaux, qu'il avait prêtée à mon père.

La note du général Aussaresses commence ainsi : « Une de ces opérations [de jour], menée au centre d'Alger, tout près de l'état-major, fera un certain bruit au début de 1957. Un soldat, posté à l'angle d'une rue, ayant vu un musulman entrer dans une maison pour y lancer une grenade, attendit de le voir sortir et ouvrit le feu sur lui. Le terroriste fut tué. Jacques Peyrega, le doyen de la faculté de droit d'Alger, qui se trouvait dans la rue à ce moment, vit le soldat tirer sur l'homme. Avait-il vu toute la scène ou n'en avait-il vu que le dénouement ? Toujours est-il qu'il écrivit en mars une lettre au ministre de la Défense nationale Bourgès-Maunoury pour protester contre ce qu'il considérait comme une exécution sommaire. » Dans la suite de la note, Aussaresses raconte comment, après la publication de cette lettre dans *Le Monde*, il laissa son adjoint monter une « opération de représailles musclées » contre le « doyen fellagha », expédition punitive « minutieusement préparée » à laquelle Peyrega n'échappa que par chance, ayant entre-temps provisoirement regagné Paris.

Jacques Peyrega n'est plus là pour se défendre : il est décédé en 1988. Mais quand, au début des années 1970, le général Jacques Massu avait repris la même antienne que son ex-subordonné, dans *La Vraie Bataille d'Alger*, qualifiant de « calomnieuse » la version de l'universitaire, l'ex-doyen l'avait fait condamner pour diffamation. C'est évidemment d'un meurtre que fut témoin Peyrega : « L'exécution sommaire d'un musulman », selon le titre du *Monde* à l'époque. On ne disait pas : « un Algérien », évidemment. Pas seulement parce que l'existence d'une nation algérienne, enjeu du conflit, était déniée, mais pour une raison plus formelle que la France, aujourd'hui, a tendance à oublier tant elle lui rappelle sa dette, ses remords et ses crimes : ces hommes et ces femmes qui furent exécutés, torturés, parqués, détenus, encasernés, transportés, déracinés, etc., étaient alors français, de nationalité française, vivant dans des départements français d'Afrique du Nord.

Dans sa lettre au ministre, Jacques Peyrega racontait la scène avec une précision que n'arriva jamais à contredire la version officielle. Il la déroulait minutieusement, comme un film au ralenti : l'homme, « un musulman, pauvrement vêtu d'une gabardine beige », qui se tenait « debout, les mains levées » et qui, juste auparavant, avait hurlé « non, non, ne tirez pas... » ; les agents de police et les parachutistes qui l'encerclaient « mitraillettes braquées » ; un parachutiste qui, semblant vouloir lui demander ses papiers, lui mettait la main au cou, le faisait tourner et avancer dans la direction où se trouvait Jacques Peyrega, à cinq mètres de distance, « vraisemblablement, pensait alors ce dernier, pour l'amener au commissariat ». « L'homme ne criait plus et marchait, poursuivait le doyen dans son témoignage. Puis le parachutiste lui donnait un coup de genou dans le bas des reins, et l'homme trébuchait et tombait en avant, sur les mains. Un peu de brutalité, sans doute inutile, me disais-je, mais l'époque n'est plus à la sensiblerie en Algérie. L'homme tombé était accroupi comme pour la prière, presque devant moi, un peu sur ma gauche ; le parachutiste était toujours collé derrière lui, la mitraillette à la hauteur des reins de son prisonnier ; deux petits coups secs claquèrent. »

Le doyen ne s'en tenait pas à ce seul récit. Dans sa lettre, il évoquait d'autres cas d'individus abattus parce qu'ils auraient « tenté de s'enfuir », ou de personnes arrêtées par l'armée dont les corps avaient été retrouvés, « mutilés et méconnaissables ». Et cet homme tranquille, que ses pairs algérois avaient élu en janvier 1955 et réélu ensuite, concluait par une interpellation digne et mesurée : « Que répondre, monsieur le ministre, quand un musulman vous dit que, en voyant ce que font les soldats, il a honte d'être français ?... On voudrait pouvoir dire à nos amis musulmans que nous sommes la civilisation, l'ordre et progrès, et que c'est en définitive par la confiance, l'amitié et le consentement que nous espérons voir maintenus les liens avec la France ; et l'on voudrait pouvoir administrer la preuve de l'excellence de nos intentions, de la supériorité de notre morale, de la rectitude de notre politique, sinon par la pureté de notre comportement et par l'absence d'abus, du moins par notre refus de tout procédé arbitraire, de toute méthode inhumaine... »

Honorable, sans parti avoué ni étiquette proclamée, ce témoin-là était d'autant plus dangereux. Il donnait le mauvais exemple, il fallait donc le faire taire. À Alger, ses collègues professeurs, ceux-là mêmes qui l'avaient confortablement élu, s'empressèrent de se désolidariser de son geste, lui demandant d'« en tirer les conséquences ». Appelant à la grève des cours et réclamant des « sanctions énergiques », l'Association générale des étudiants d'Algérie fit grand battage contre « le comportement odieux de cette éminente personnalité qui vient d'ajouter une pièce au dossier de la trahison ». Dans ce concert hostile, la voix de vingt-neuf professeurs de la faculté de droit de Paris expliquant que le doyen-témoin s'était « conformé à une obligation morale et juridique », rappelée expressément par le code pénal qu'ils avaient la charge d'apprendre à leurs étudiants, fut à peine audible.

Menacé, isolé, Jacques Peyrega céda, renonçant à exercer ses fonctions de doyen, non sans avoir rappelé posément, dans *Le Monde*, ce qui l'animait : « Ce qui fait la force de la France, son ultime chance de conserver dans le monde moderne sa place et son prestige, ce n'est évidemment pas sa seule puissance matérielle, ce sont les valeurs morales dont elle reste le symbole... Cette attitude de "porte-drapeau" nous oblige à ne laisser à personne d'autre qu'à nous-mêmes le soin de dénoncer nos propres turpitudes... Nous savons également que les exactions de nos adversaires ne peuvent justifier les nôtres et que la France ne peut pas employer les moyens qu'elle reproche à ceux qu'elle combat. Si nous combattions des cannibales, serait-ce une raison pour manger nos ennemis parce qu'"ils ne comprennent que cela" ? »

Dans les années 1950, mais aussi durant la décennie qui a suivi, nous fûmes nombreux à avoir appris la politique dans de semblables leçons de morale universelle. Si je m'attarde sur cet homme méconnu, dont la trace dans notre histoire nationale restera ce cri de 1957, c'est certes par goût pour les seconds rôles des grandes causes, ceux qui se dressent sans que personne n'ait été les chercher, sans réflexe de parti, de classe ou de clan, par devoir impératif et obligation intime, comme s'il en allait d'eux-mêmes, de l'idée qu'ils se font d'une vie d'homme, d'homme comme tous les autres hommes. Mais c'est aussi pour nous rappeler cette indignation première qui est toujours à la source et dont il faudrait pouvoir ne jamais s'éloigner, en résistant au flot des habitudes qui nous emporte vers les accommodements.

Jacques Peyrega, lui, ne fut jamais une âme habituée. Redevenu enseignant dans l'Algérie indépendante où il dirigeait notamment l'Institut de gestion et de planification, il fut arrêté début 1966, quelques mois après le coup d'État du colonel Boumédienne, dans ce pays qu'il avait voulu libre et dont la réalité démentait ses espoirs. Sa faute ? Avoir laissé des étudiants en grève ronéoter un tract dans les locaux de son institut. Interpellé sans mandat, emmené de force par des hommes des « services » qui sortirent leurs armes pour le contraindre, menacé et interrogé durant toute une nuit, il fut poussé au départ, définitivement cette fois. J'ai sous les yeux un double de la lettre qu'il adressa au ministre algérien de l'Éducation nationale avant de rentrer en France. Il lui dit son inquiétude d'un « précédent signifiant l'étouffement de tout esprit de liberté, le refoulement de toute initiative révolutionnaire ».

Je n'enjolive pas, je le dis comme ce fut : nous devînmes souvent révolutionnaires de la même façon que Jacques Peyrega en vint à employer ce mot, par réflexe moral, civisme élémentaire, humanisme spontané. Sans grandes théories, sans disputes complexes, sans abstractions métaphysiques. Pour relever des principes évidents que le monde en place, l'ordre établi, ses politiciens professionnels, ses arrangements perpétuels ne cessaient de trahir. En 1957, quand le doyen Peyrega fit son devoir de témoin et fut la cible des ultras, quand le commandant Aussaresses organisait ses escadrons de la mort, quand le plus grand nombre de condamnés à mort furent guillotinés dans la cour de la prison d'Alger, un gouvernement censément de gauche tenait les rênes de la Quatrième République. Son président du Conseil était Guy Mollet, le chef des socialistes, le leader de la SFIO. La lettre du doyen fut évoquée par son destinataire, le ministre de la Défense, en Conseil des ministres. Le ministre de la Justice était évidemment présent. Il se nommait François Mitterrand, et on ne se souvient pas qu'il ait en cette occasion prononcé une parole historique.

En théorie, il était en charge du droit, de son respect, non de ses violations, de son exécution, non de celle des interpellés. En pratique, il s'abstint. Seulement chargé de l'enseigner, Jacques Peyrega ne s'abstint pas. Il prenait au sérieux la tâche que la République lui avait confiée : à Alger, il était aussi titulaire de la chaire de droit colonial. Car, en ces temps-là, il y avait même un droit colonial.

S'il est parfois des rencontres qui font des destins, celle de Jacques Peyrega et de mon père devrait être du nombre. Si, en 1958, le nouveau pouvoir gaulliste n'avait pas finalement contraint le désormais ex-doyen à quitter Alger pour Bordeaux, si les trois départements d'outre-mer — Martinique, Guadeloupe et Guyane — n'avaient pas dépendu de l'académie de Bordeaux, si l'ancien doyen n'avait pas préféré Fort-de-France et son institut d'études juridiques à la faculté de droit girondine, si le vice-recteur de la Martinique Alain Plenel n'avait pas alors fait la connaissance de Jacques Peyrega, le premier n'aurait sans doute pas accordé au second, cinq ans plus tard, à Alger, devenue capitale d'un pays indépendant, une longue interview sur « La Martinique, colonie française », parue en deux livraisons dans l'hebdomadaire *El Moudjahid*, « organe central du Front de libération nationale »...

Cet entretien servira de prétexte pour sanctionner mon père, déjà interdit de sortie du territoire métropolitain par simple mesure de police pour son engagement auprès des autonomistes antillais. Fonctionnaire d'autorité, il fut démis brutalement de ses fonctions, exclu sans recours du corps des inspecteurs d'académie et renvoyé à enseigner l'histoire dans un lycée de Clermont-Ferrand d'où, bénéficiant de l'aide et des conseils de Jacques Peyrega redevenu professeur à la faculté d'Alger, il décida, tout simplement, de s'exiler en Algérie, se mettant en congé de la fonction publique française et acceptant d'être payé, plutôt mal et avec retard, comme un fonctionnaire algérien... J'ai l'habitude de dire que mon père est le seul homme de gauche à avoir froidement choisi l'exil sous le gaullisme d'État, et ce n'est pas une blague.

J'étais trop jeune pour avoir bien connu et compris le doyen Peyrega, mais je ne pense pas me tromper si je décalque son portrait de ce que je crois savoir de mon père. Deux bons élèves et brillants fonctionnaires, deux personnalités sages et réservées, deux sans-parti, deux esprits indépendants, deux politiques amateurs, deux individualistes égarés, deux maladroits et deux imprudents à l'aune réaliste, deux courageux et deux audacieux à l'aune principielle, deux républicains de gauche radicalisés par principes, valeurs éthiques et indignations morales, sans carcan idéologique ni langue de bois, bref deux hommes comme tout un chacun qui, un jour, se sont sentis requis de faire ce qu'ils ont fait, sommés de prendre les positions qu'ils ont prises, obligés par leur propre conscience d'avancer vers l'inconnu sans calcul ni précaution, sans protéger leurs arrières ni garantir leurs lendemains. La cause qui a su les faire sortir d'eux-mêmes et les rendre meilleurs à leurs propres yeux porte un nom : l'anticolonialisme. Et son effet continue de travailler souterrainement l'identité d'un pays qui se remet difficilement d'avoir perdu son empire : la France.

Mon père n'a jamais été trotskyste, ni même communiste, tout au plus compagnon de route lucide du Parti quand c'était la norme des milieux intellectuels et universitaires. C'est pourtant à travers son expérience que s'est transmis, sans solution de continuité, l'héritage qui m'a fait trotskyste. Entre Antilles et Algérie, j'ai grandi dans une France qui bataillait avec la France, une idée de la France qui s'opposait aux actes de la France, un universalisme français qui refusait le nationalisme français. Des plus anciennes colonies, celles de l'esclavage, du commerce triangulaire et de l'accumulation primitive, à la plus florissante, celle des temps modernes, impériaux et progressistes, le passage était logique. Ce fut l'itinéraire suivi par Frantz Fanon, l'auteur des *Damnés de la terre*, psychiatre martiniquais épousant la cause des Algériens après avoir vécu à Blida. Ce fut aussi celui, méconnu, de la dizaine d'appelés guadeloupéens et martiniquais qui désertèrent l'armée française ou ne se présentèrent pas à l'appel, rejoignant les rangs de la résistance algérienne. Pour certains, ils mirent près de vingt ans à régulariser leur situation et à pouvoir remettre les pieds sur un territoire français.

Si cette dette d'enfance me singularise, le contexte qu'elle évoque ne m'est propre en rien. Empiétant sur plusieurs générations, unissant des classes d'âge nées juste avant guerre et dans l'immédiat après-guerre, un même socle, politique, intellectuel et moral fut au soubassement de nos engagements : l'oppression des peuples colonisés, les guerres faites contre leur droit à l'indépendance, la lente agonie de l'Empire français, cette décolonisation tardive et sanglante, le scandale de la torture au cœur de la République, etc. Les dates de naissance font ensuite les différences, d'expérience et de parcours, mais cinq, dix, voire quinze ans d'écart n'empêchent pas une communauté de références, tant cet événement-là fut fondateur : le refus de la France coloniale, le combat contre une France impériale.

« L'anticolonialisme et l'antistalinisme » : quand il dut s'expliquer sur son trotskysme passé devant les députés, Lionel Jospin évoqua d'emblée ces « deux éléments essentiels », qui motivèrent son « engagement » et son « mûrissement politique » dans cette époque des années 1960 « très différente de celle que nous connaissons maintenant ». Son énoncé épousait l'ordre logique : l'engagement spontané était anticolonialiste, le mûrissement progressif antistalinien. On s'engageait contre le colonialisme et, dans ce choix, il arrivait qu'on devînt trotskyste. Le premier pas était d'indignation morale, le second de conviction politique. De ce point de vue, la situation était fort différente de ce qu'elle fut pour les militants trotskystes d'avant guerre. Il y eut sans nul doute, dans les années 1930, une véritable « génération trotskyste », en ce sens que l'expérience militante commune qui souda alors des individus aussi rares que divers eut pour point de départ le refus éthique du stalinisme, de ses méthodes, de ses impostures et de ses crimes. Le trotskysme était en quelque sorte à la source.

Rien de tel pour tous ceux qui devinrent trotskystes à la fin des années 1950 ou dans les années 1960. Il serait plus juste de dire qu'ils appartiennent à une « génération anticoloniale » dont l'influence se fera sentir sur la double décennie 1955-1975, dominée par la question coloniale, en ses diverses variantes, de l'Algérie au Vietnam, l'intervention impériale américaine ayant pris le relais de l'échec colonial français, du Vietnam à l'Indochine en passant par l'Algérie, sans oublier le Portugal dont le colonialisme, en s'effondrant, enfantera d'une révolution à Lisbonne même, mettant fin au salazarisme. Le point de départ de l'engagement était alors l'anticolonialisme, étendu en anti-impérialisme, et, loin d'être propre aux trotskystes, il était partagé par toutes sortes de gens, communistes plus ou moins orthodoxes, chrétiens de gauche, intellectuels sans-parti, etc. Que le point d'arrivée fût le trotskysme ne paraît aujourd'hui logique que par un effet rétroactif des parcours et des entêtements, sensiblement accru par l'effondrement du communisme et de ses patries du socialisme.

Le critère discriminant fut donc l'internationalisme : la solidarité avec d'autres peuples que le nôtre, d'autres nations que la France, d'autres causes que celle du prolétariat européen, d'autres intérêts immédiats que ceux de la classe ouvrière française. Il disait l'ouverture, contre le repli ; la quête d'un ailleurs, plutôt que d'un ici ; le métissage des identités, au lieu des égoïsmes nationaux. Militant de l'Union des étudiants communistes (UEC) au début des années 1960, comme Alain Krivine, Henri Weber et tant d'autres, Pierre Goldman le fait très bien comprendre, dans ses *Souvenirs obscurs d'un juif polonais né en France*, écrits en prison, quand il raconte comment, à la fin d'un été 1965 qui lui avait été « normalement triste », il fut « saisi d'une fête qui venait de Cuba » : « Dans le plaisir de cette musique et de cette danse et de contempler ces êtres venus des Caraïbes et d'entendre ce parler hispanique si spécial me vint la langueur de n'être pas dans cet espace, d'en être privé. Et je voulus m'y rendre et m'y battre et je sentais que la mort pourrait m'y être douce et je m'épris de ces peuples et de ce langage et de cette culture et je pensais qu'il me serait enfin possible de combattre dans l'amour et pas seulement dans la haine et l'indifférence. »

Je ne cite pas Goldman par hasard. Toujours non élucidé, son assassinat, le 20 septembre 1979, m'est resté comme la date symbolique qui marquait l'entrée dans un monde où nos romantismes n'avaient plus leur place. J'ai retrouvé ce que j'écrivis ce jour-là dans mes cahiers, pour moi seul, notamment ceci qui m'a surpris : *Première fois que je pleure pour un mort.* Il est vrai que, au sortir d'un service militaire agrémenté d'un peu de réclusion — dix jours d'arrêts simples, puis deux mois d'arrêts de rigueur, pour avoir défendu les droits syndicaux des appelés —, tout me semblait faire signe, obscur et sombre. Dans ces pages, je mêlais la mort de Goldman à l'annonce, la veille, de la première conférence de presse publique de la Nouvelle Droite (« contre l'égalitarisme ») et à celle, le matin même, des chiffres du chômage (« record européen d'augmentation en France »). Mystérieusement, j'y ajoutais, comme autant de signes d'une *année noire*, deux événements survenus la semaine précédente dans la *famille* élargie : le décès soudain d'un fils de Fabienne et Henri (Weber) ; l'hospitalisation également soudaine d'Hubert, le frère d'Alain (Krivine).

L'hommage à Pierre Goldman et la manifestation de protestation contre son assassinat fut mon dernier défilé en tant que militant. Dans mon souvenir, j'y ai tenu l'une des deux hampes de la banderole confectionnée par la Ligue. Dans sa folle aventure, aussi sombre que lumineuse, Goldman reliait notre internationalisme à un héritage familial où se dit à nouveau ce que les engagements peuvent devoir aux enfances. Né en juin 1944, à Lyon, en France occupée par les nazis, il était le fils de deux résistants clandestins, eux-mêmes nés dans des familles juives de Pologne, deux dirigeants des organisations de résistance juives liées au Parti communiste. « Dans mon berceau, écrit-il, il y avait des tracts et des armes qu'on dissimulait... » Preuve s'il en était besoin que, à la Ligue, nous ne nous situions pas dans une généalogie orthodoxe où seule compterait l'étiquette trotskyste, l'épopée résistante dont nous nous réclamions était celle de ces communistes juifs étrangers qui avaient sauvé la France : les FTP-MOI, Francs-tireurs partisans de la main-d'œuvre immigrée, ces premiers résistants armés des villes, quand l'instituteur communiste Georges Guingouin était le premier maquisard des campagnes, tous partis au combat en dépit des atermoiements de la direction du PCF et de la souffrance que leur fut le pacte germano-soviétique.

De cet internationalisme, la guerre d'Algérie fut, pour la génération d'après guerre, l'épreuve fondatrice avant que s'ouvrent les horizons latino-américains. Nos aînés s'étaient découverts dans le refus des politiciens qui avaient entraîné la France dans la guerre et s'étaient reconnus dans l'aide à ces Algériens qui nous combattaient au nom de nos propres idéaux. Leur bain de culture fut logiquement communiste, bien plus que socialiste : jusqu'en 1958, la SFIO était au pouvoir, des socialistes incarnaient la guerre à outrance, des socialistes revendiquaient et couvraient la torture, tandis que le PCF ne gouvernait pas et se disait opposé à la guerre, bien qu'il ait commis la faute de voter les pouvoirs spéciaux réclamés par Guy Mollet. C'est donc au sein du PCF que se firent les différenciations autour de questions évidentes : les mobilisations de rappelés, les demandes d'aide du FLN, les réseaux de soutien, les « porteurs de valise », le combat antifasciste, etc. Et c'est tout naturellement sur le souvenir de la guerre d'Algérie que se joua, en 1965, au sein de l'UEC, le véritable acte de naissance d'une extrême gauche autonome : par le refus de suivre la direction du Parti dans son appel à voter, lors de l'élection présidentielle, pour François Mitterrand dont la carrière ministérielle sous la Quatrième République, au ministère de l'Intérieur ou à celui de la Justice, était étroitement associée à la guerre coloniale.

La Ligue que j'ai rejointe à la fin des années 1960, grossie par l'effet de Mai, venait d'abord de là : non d'un dogme théorique du trotskysme, mais d'une expérience concrète de l'internationalisme. Avec la guerre d'Algérie, c'est-à-dire l'envoi du contingent pour combattre dans des départements français, le vote des pouvoirs spéciaux confiant à l'armée non seulement des pouvoirs de police mais aussi de justice par le recours systématique aux tribunaux militaires, les cohortes de soldats rappelés à l'issue de leur service, des périodes militaires pouvant ainsi durer deux ans et plus, la gangrène de la torture en sus, d'une torture institutionnalisée par les états-majors et encouragée par les donneurs d'ordres politiques, l'internationalisme n'était plus une référence abstraite, pétition de solidarité et péroraison de meeting. Il était devenu une question pratique, obligeant à choisir face à son propre pays, son gouvernement, son armée, sa police, mais aussi son opinion, son peuple, voire ses prolétaires qui semblaient s'accommoder silencieusement de l'oppression coloniale.

Francis Jeanson, qui anima les réseaux français de soutien au FLN, le dit fort bien dans *Notre guerre*, écrite en 1960 dans la clandestinité et publiée par Jérôme Lindon aux Éditions de Minuit : « L'aide pratique aux Algériens, ce fut d'abord pour moi la seule attitude possible dans la mesure précisément où les dirigeants de la gauche n'étaient plus que des doctrinaires, soucieux d'éluder le problème algérien sous le couvert de théories qu'ils affichaient mais qu'ils n'envisageaient même plus de mettre un jour en pratique. Car les principes n'ont jamais fait défaut dans cette gauche, ni sur le plan socialiste ni sur le plan chrétien ; le marxisme le plus intransigeant et l'Amour absolu étaient là ; par malheur, ce n'était qu'en idées. » Prendre, en pratique, le parti des Algériens luttant pour leur indépendance, c'était donner une vie concrète à des idées simples : « L'énorme absurdité de cette guerre anachronique, perdue d'avance », la certitude qu'il faudra un jour la « désavouer officiellement, tout comme avait dû être officiellement désavouée la guerre précédente, contre le peuple vietnamien », la conviction surtout que, « s'il n'y avait aucune chance de venir à bout du peuple algérien, il n'y avait non plus aucune raison de souhaiter en venir à bout : rien n'était possible contre eux, mais tout était possible avec eux ».

Philosophe, Francis Jeanson est ici une exception : il ne fut ni mathématicien ni trotskyste. Le seul rapport public que je lui connaisse avec cette famille politique fut d'avoir codirigé avec Jean-Paul Sartre la collection où a paru le *Trotsky* d'Isaac Deutscher, trilogie biographique dont le caractère pionnier s'accommodait d'erreurs factuelles, mais dont l'écriture reste encore diablement évocatrice. D'une immense discrétion,

Jeanson me semble de ces figures pour qui la vie intellectuelle est une ascèse pratique, obligeant à la confrontation avec le réel, ses urgences et ses paris. Trente ans après la guerre d'Algérie, il sortit de sa réserve, démontrant que l'internationalisme est une sorte de gymnastique politique qui suppose des exercices sinon quotidiens, du moins réguliers : pendant la guerre faite par l'armée serbe aux civils de Bosnie-Herzégovine, il prit la présidence de l'Association Sarajevo et se préoccupa d'aider concrètement les Bosniaques.

Lisant aujourd'hui les évidences que ce philosophe de métier, devenu militant par nécessité morale, énonçait en 1960, on a peine à croire qu'elles aient fait à ce point scandale.

La vérité, hélas, c'est qu'elles font encore scandale tant ce passé continue de travailler notre présent. La France dont la justice, longtemps après la complicité vichyssoise dans le génocide juif, a accepté de juger le « crime de bureau » de Maurice Papon, et dont les députés, confrontés à la mémoire du génocide arménien, ont fini par prendre leurs responsabilités politiques plutôt que de renvoyer la question aux historiens, cette même France est autrement embarrassée s'agissant de ses propres crimes coloniaux. Le général Aussaresses ne risque-t-il pas d'être condamné non pour ce qu'il a fait, avec la complicité active ou tacite de ses supérieurs, militaires et politiques, mais pour l'avoir enfin confessé ? Sous le choc de ces aveux, en mai 2001, le président socialiste de l'Assemblée nationale, Raymond Forni, ne s'est-il pas empressé de dénoncer des « propos malsains, odieux, d'un cynisme révoltant », avant d'ajouter : « Une guerre n'est jamais propre. Il y a eu des exactions des deux côtés… Il faut arrêter de ressasser le passé. Nous devons tourner la page » ?

Si l'on comprend bien, il y aurait urgence à se taire et à tourner la page de nos crimes. La tourner, sans vraiment la lire puisque, si l'on en croit André Rousselet, ami et collaborateur de François Mitterrand venu au secours de sa mémoire forcément malmenée sur ce sujet, la France n'avait d'autre devoir que de mener cette guerre inutile : « Que les censeurs d'aujourd'hui, a-t-il écrit dans *Le Monde*, veuillent bien au moins reconnaître que, dans les années 1954-1962, le principal adversaire de la France en Algérie n'était ni son administration ni sa propre armée. » Mais le principal ennemi de la France, en ces années-là, n'était-ce pas plutôt elle-même, cet égarement, ce fourvoiement, cet entêtement ?

Toutefois la surprise n'est pas tant venue de ces réactions, empreintes de fidélité ou de conformisme, que de celle de Lionel Jospin. Venu à l'engagement trotskyste par le refus de la guerre d'Algérie et, donc, de l'impasse dans laquelle s'était engagée la gauche officielle française, il était le mieux à même d'expliquer la légitimité d'anciennes révoltes en se saisissant des nouvelles révélations d'Aussaresses. Il n'en fit rien. Son jugement fut évidemment dénué d'ambiguïtés, mais au lieu d'une explicite mise au point politique nous eûmes droit à « une totale condamnation morale » et à un appel renouvelé aux historiens pour qu'ils assurent un travail « de vérité et de mémoire ». Or la question que nous pose, à la fin de sa vie, ce général, ancien héros de la France libre devenu instrument d'un début d'ordre totalitaire, non pas en franc-tireur indiscipliné mais en soldat d'une République à la dérive, ne s'élucide pas par les seules vertus du jugement moral et de la dissertation historienne. Elle est éminemment politique, c'est-à-dire mixte de vérité et d'opinion, de responsabilité et de conviction. Une politique qui, en l'occurrence, ne se décline pas seulement au passé, tant la longue violence coloniale depuis la conquête de 1830 ne saurait se dégager à la va-vite de toute responsabilité dans le calvaire que subit l'Algérie d'aujourd'hui.

Face au cas Aussaresses, Lionel Jospin n'a donc pas su trouver les mots ni le ton, au point de se faire souffler le premier rôle par Jacques Chirac qui pourtant fit cette guerre-là et, jusqu'alors, ne s'en était jamais dissocié. Pourquoi ?

Peut-être parce que le trotskysme lambertiste que le Premier ministre pratiqua ne le prédisposait pas à l'instinctive réaction qui, en cette matière, unit toutes sortes de militants et anciens militants de gauche et d'extrême gauche. Je risque cette hypothèse incertaine pour comprendre ce qui, dans l'instant, me parut incompréhensible : cette impuissance jospinienne à assumer fortement devant l'opinion une hérédité anticolonialiste qui devrait faire totalement partie de lui-même, de son itinéraire et de ses valeurs.

Il y eut en effet, il y a toujours, un trotskysme national fort différent du trotskysme international. Tout trotskyste se veut et se dit internationaliste en idées. Mais la façon dont se concrétise cet internationalisme diffère selon que les organisations qui s'en réclament sont, plus ou moins, insérées dans un réseau international ou isolées dans leur fief national. Ce qui, me semble-t-il, a sauvé la Ligue d'un sectarisme pathogène, c'est que son héritage trotskyste était plus international que national, à la différence de ses rivales, l'OCI et Lutte ouvrière. Pierre Frank, qui y joua le rôle de passeur de témoin, n'était aucunement issu d'un moule idéologique et militant fondamentalement différent de celui de Pierre Lambert. Mais, lors de la crise de 1952 et de la scission qui s'ensuivit, il opta pour les positions de la direction de la Quatrième Internationale, représentant dès lors, à lui seul ou presque, une « majorité internationale » qui, en France, pesait peu face à la future OCI où s'était retrouvée la « majorité française ». Mais, s'il était le plus important, le groupe Lambert était cependant largement coupé d'une pratique internationaliste concrète et, de ce fait, plus facilement enclin à épouser les spécificités françaises. La démonstration vaut encore plus pour Lutte ouvrière qui, dans sa lente construction, après l'éclipse décidée par « Barta », fut toujours, en pratique, une organisation française.

Or, à partir des années 1950, quand ont émergé d'autres mondes, des mondes tiers qui ne pouvaient se réduire au face-à-face des États-Unis et de l'URSS et ouvraient d'autres possibles que l'affrontement binaire du capitalisme impérial et du socialisme réel — des tiers-mondes en effet —, l'antistalinisme ne suffisait plus à fonder une identité commune aux trotskystes. L'internationalisme, sa pratique, ses alliances, ses options, devenait une ligne de partage qui allait inscrire des clivages inédits et des crispations imprévues. Accéléré par la question coloniale, en tant que rapport non seulement au monde et à la France, mais aussi à la question nationale et à la question sociale, le processus de scissions, différenciations et divergences était donc inévitable, instituant des identités particulières qui sont encore aisément perceptibles entre la LCR, plutôt internationaliste, entre mondialisme politique et cosmopolitisme culturel, et les deux autres courants, l'OCI et LO, dont les cultures d'organisation sont fortement nationales, ancrées dans des traditions propres à certains secteurs du monde ouvrier français. C'est en ce sens que, à mes yeux, il n'y a jamais eu de « mouvement trotskyste » au singulier dont ces trois courants seraient de simples variétés, mais bien plutôt des mouvements trotskystes dont les références semblables peuvent cacher des divergences fondamentales.

Car il ne suffit pas de partager un patrimoine commun, encore faut-il vivre dans le même monde. Or, pour l'OCI comme pour LO, il n'y aura eu jusqu'à nos jours qu'une révolution vraiment digne d'intérêt, labellisée et modélisée, approuvée et estimée, bref idéalisée : la révolution russe dans sa lecture bolchevique. Les autres, chinoise, cubaine, algérienne, vietnamienne, iranienne, etc., qui sortent du cadre et de l'épure, ne sont que diverses variantes capitulardes, impostures petites-bourgeoises, nouvelles moutures d'États bourgeois, ruses des impérialistes aidés par les bureaucrates, etc. En 1968, peu avant la grande offensive du Têt des combattants vietnamiens, les lambertistes se firent ainsi remarquer par leur pronostic que le FNL se préparait « à étrangler la révolution vietnamienne » et que sa direction acculée vivait son « dernier quart d'heure » puisque, c'était l'évidence, « le fusil ne peut l'emporter sur le B52 ».

Ces raisonnements irréels exprimaient cependant une identité : un eurocentrisme foncier où, sous le vocable révolutionnaire, se laissaient entrevoir des préjugés culturels et des limites géographiques. Héritier du progressisme occidental, partagé par la Deuxième et par la Troisième Internationale, refrain commun aux vulgates sociales-démocrates et communistes, ces trotskystes-là n'imaginaient pas de révolution sans développement économique, sans richesses accumulées, sans bourgeoisie en fin de cycle, sans prolétariat mûr et organisé et, bien sûr, sans parti répondant à tous ces canons idéologiques. Ce fut clairement écrit par l'OCI dans les années 1960 : « La lutte des prolétariats des pays économiquement arriérés est sans espoir en dehors de la construction de partis communistes dans les pays économiquement développés. » Cette proclamation traduisait une quête du même et de l'identique, du semblable et du pareil, forcément rétive aux surprises d'une histoire non écrite, sans fétiche secret ni dieu caché. Pour survivre à l'inédit et à l'inattendu qui n'arrêteront pas de la démentir et de la contredire, cette façon de voir et de lire le réel n'a d'autre issue que de produire du dogme et de la crispation dans le dogme, entraînant du même coup une vie interne de ces groupes de moins en moins démocratique et de plus en plus sectaire.

En pratique, sur les questions internationales, cette attitude produisait au mieux de l'abstention militante — ce fut longtemps le cas sur le Vietnam —, au pis un chauvinisme latent, dans tous les cas une forme d'égoïsme national. Car si les intérêts supérieurs de la révolution mondiale se confondent avec ceux des prolétariats développés, on ne voit pas quel serait l'intérêt de consacrer des forces déjà maigres à la solidarité active avec des sous-prolétaires aux causes moins essentielles. À moins de s'inventer sur place un improbable semblable, tête de pont de cette modernité politique et sociale dont l'Europe — et, cela va de soi, son avant-garde éclairée — serait seule détentrice. C'est ainsi que le groupe de Pierre Lambert ne partagea pas du tout l'aventure algérienne qui nous fut fondatrice, préférant frayer un autre chemin qui l'entraîna dans une impasse.

Durant la guerre d'Algérie, la future OCI s'identifia en effet au Mouvement national algérien (MNA) de Messali Hadj plutôt qu'au FLN dont les fondateurs et dirigeants avaient déclenché l'insurrection de 1954. Que Messali Hadj ait été une haute et digne figure, injustement occultée par les vainqueurs de 1962 alors qu'il fut le véritable père du nationalisme algérien, est une évidence. Qu'il y ait eu, parallèlement à la guerre contre la puissance coloniale, une guerre civile impitoyable dont l'Algérie porte encore les stigmates, que le refus du pluralisme au sein du camp nationaliste ait annoncé le parti unique, permis la mainmise des militaires et entraîné la liquidation par leurs propres « frères » de dirigeants indépendantistes, et qu'en ce sens le lambertisme puisse se targuer d'avoir pris date en défendant les militants messalistes contre les violences du FLN, ce n'est pas discutable. Le débat est ailleurs : pour les révolutionnaires autoproclamés d'une puissance impériale, l'exercice du droit à l'indépendance d'un peuple colonisé est-il conditionné à leur jugement sur la qualité de la direction qu'il s'est donnée ? Ou bien est-il tout simplement un droit qu'on ne saurait lui dénier, quitte à ne pas rester aveugle sur les dérives ou faiblesses de ceux qui s'en font les porte-parole ?

L'histoire dont je témoigne ici est issue d'une réponse positive à la seconde option quand, à l'inverse, le lambertisme devait choisir la première. Pendant la guerre d'Algérie, le groupe Lambert se raconta une histoire imaginaire où le MNA était une resucée algérienne du parti bolchevique, dont les militants étaient traqués par les agents du FLN comme les « authentiques » bolcheviks l'avaient été par ceux de Staline. « Les militants du MNA de Messali Hadj sont ce qui existe aujourd'hui de plus proche comme parti de masse de ce qui fut l'authentique parti bolchevique de Lénine et de Trotsky », n'hésitait pas à écrire l'un des principaux dirigeants lambertistes, Gérard Bloch. En juin 1957, leur presse expliquait encore que le MNA, « mouvement le plus représentatif du peuple algérien », avait entre autres qualités d'être « essentiellement prolétarien », d'avoir « une doctrine socialiste bien établie » et de n'être « inféodé à aucune puissance étrangère ». En novembre 1957, les « révolutionnaires conscients » y étaient invités à « lutter jusqu'au bout pour défendre contre les tueurs du FLN les authentiques révolutionnaires algériens », tandis que la direction du FLN était accusée d'avoir, « par son aventurisme », fourni « admirablement aux ultras tous les éléments politiques et psychologiques pour continuer la guerre coloniale ».

On imagine facilement meilleure école de solidarité avec les Algériens ayant fait le choix de lutter pour leur indépendance. D'autant plus que l'épilogue fut politiquement cruel : en décembre 1957, Bellounis, principal lieutenant de Messali Hadj et chef d'un maquis tenu par le MNA, signait un accord avec l'armée française dont les termes explicites laissaient deviner une opération menée de longue date par les services chargés de la « guerre contre-révolutionnaire ». « Si l'on me reconnaissait comme représentant de l'armée nationale du peuple algérien, et le

MNA et Messali Hadj comme interlocuteurs valables, déclarait Bellounis, je suis disposé à participer à la pacification de l'Algérie avec mon armée. » Dans la foulée, un groupe de responsables du MNA rejoignit le FLN en se dissociant de Messali Hadj qui avait refusé de condamner son lieutenant. Quant à la future OCI, elle se replia de plus belle sur la construction de son organisation et de son appareil français, ne s'investissant guère dans la solidarité concrète avec les Algériens.

D'anciens militants lambertistes jugeront sans doute que je caricature et simplifie. De fait, au sein du groupe Lambert, ces positions ne faisaient pas l'unanimité. D'ailleurs, elles devaient beaucoup à Pierre Lambert lui-même qui entretenait avec Messali Hadj une relation exclusive bien dans sa manière, entre amitié et clientèle, fidélités personnelles et services rendus. Mais ce qui m'importe c'est plutôt ce que cet épisode laisse transparaître d'une culture originelle où l'apparente rigidité idéologique, « révolutionnaire, prolétarienne et bolchevique », masque une conversion aux préjugés dominants de la gauche officielle de l'époque, socialiste notamment. Dans une certaine mesure, l'épreuve algérienne fut le moment où se joua l'étonnante mutation génétique de ce qui allait devenir l'OCI : plausible groupe d'extrême gauche internationaliste en surface, réserve potentielle pour social-démocratie nationale en profondeur. Et cette transformation ne saurait se réduire à ces manœuvres secrètes, double langage et triple fond, qu'affectionnent les chroniques politico-policières. Elle s'explique autant, sinon d'abord, par des pathologies propres à la pensée révolutionnaire : en l'espèce, le refus des remises en cause auxquelles l'internationalisme oblige.

Être internationaliste, c'est penser ailleurs. C'est se contraindre à un métissage politique où les repères anciens se brouillent — prolétaires, nations, classes, partis, fronts, villes, campagnes, paysans, etc. C'est accepter de bousculer les dogmes et d'agir au nom de l'urgence et des principes, la théorie en serait-elle malmenée. La solidarité avec l'opprimé, qu'il fût algérien ou vietnamien, africain ou latino-américain, entraînait à penser hors de soi-même. Pour l'autre, au secours de l'autre. Sans forcément s'y reconnaître et s'y retrouver. Au risque donc de s'y perdre. Ou, à tout le moins, de ne plus être tout à fait le même.

En faire l'expérience ne se résumait pas seulement à un apprentissage politique. C'était aussi une sorte de leçon de vie et, en ce sens, notre histoire ne me semble ni désuète ni inactuelle. Le monde n'a certes pas changé de base, ceux qui ne sont rien ne sont pas devenus tout, et dieux, césars et tribuns se portent trop souvent bien. Mais ce souci du monde qui fut notre marque de fabrique collective, par-delà les parcours politiques et les degrés d'engagement, a fait son chemin. Et bien qu'il s'y glisse de nouveaux pièges, impériaux et dominateurs, il n'en est pas moins devenu le sésame du siècle nouveau, des progrès d'une justice internationale aux grands enjeux écologiques, des mobilisations contre la globalisation financière aux mouvements de solidarité avec les migrants, de l'irruption des acteurs non-gouvernementaux dans l'ordre international à l'invention de formes inédites d'entraide et de secours sans frontières...

On aura sans doute compris que, de nos jeunesses, j'ai gardé une instinctive méfiance pour le nationalisme, fût-il rebaptisé souverainisme. Nul hasard, d'ailleurs, si cette recherche d'anciens équilibres et replis où s'exprime un désir d'ordre, immobile et rassurant, rassurant parce qu'immobile, affectionne un procès hâtif des désordres de Mai 68. Un Mai 68 pauvrement réduit à la formule « Il est interdit d'interdire » qui, pourtant, n'a jamais été un slogan de manifestation. En revanche, il se trouve qu'une foule sans nombre sut, un jour de Mai, inventer un mot d'ordre qui fut une immense clameur et qui résonne encore comme un bras d'honneur aux égoïsmes nationaux et à leurs enfers potentiels : « Nous sommes tous des juifs allemands. »

Ce pourrait être, en France, la devise d'une politique métisse.

Dans ces manifestations, il arrivait souvent qu'on entonne en chœur ce refrain :

C'est la lutte finale :
Groupons-nous, et demain,
L'Internationale
Sera le genre humain.

L'Internationale fut d'abord un poème écrit en juin 1871, pendant qu'il se cachait des Versaillais, dans une mansarde à Montmartre, par Eugène Pottier, dessinateur sur étoffes par métier, chansonnier révolutionnaire par plaisir, membre de la Commune de Paris par conviction. Ce n'est qu'en 1888 que le maire de Lille demanda à Pierre Degeyter d'en composer la musique. D'abord chantée dans le Nord, elle gagna la France entière après avoir été entonnée au congrès de 1899 des organisations socialistes, puis elle fit le tour du monde et des langues, avant d'être envoyée sur la Lune, en 1966, par des savants soviétiques dans le bric-à-brac d'une des sondes Luna.

Le genre humain, donc. Le genre humain revendiqué par les révoltes ouvrières inaugurales. Cette promesse, qui se fracassa sur la Grande Guerre et que le siècle s'est ensuite acharné à démentir, est encombrée de naïvetés, ingénuités et candeurs, ne se lasseront jamais de souligner la réalité et ses thuriféraires, les réalistes. Ils n'ont rien compris : justement, ce n'est qu'une promesse, pas un programme. Un début, jamais une fin. Un mouvement, un appel, une envie, un désir.

C'est une nouvelle ère, révolutionnaire...

Un siècle après l'irruption de *L'Internationale*, une nouvelle chanson sembla lui faire écho, écrite et composée en 1993 par un chanteur fort connu : *Rouge* de Jean-Jacques Goldman. Demi-frère de Pierre Goldman, Jean-Jacques fut, tout comme sa sœur, proche de l'OCI... Hasards des itinéraires, carrefours et croisements qui montrent, au passage, que les vies militantes sont toujours plus complexes que les programmes qui momentanément les enveloppent.

C'est dans *Rouge*, le journal cette fois, que j'ai honoré ma dette d'enfance. Mon premier article, envoyé d'Alger et publié en dernière page, le 29 décembre 1969, célèbre un anniversaire, les dix ans de ce qu'en famille mon historien de père appelait « les trois glorieuses du peuple martiniquais », trois jours d'émeute, en décembre 1959, à Fort-de-France, après un incident raciste. Trois jours, trois morts, trois Antillais tombés sous les balles françaises. Ce fut le premier grand basculement de la vie paternelle, avant l'échappée algérienne : un cri, semblable à celui du doyen Peyrega, contre la violence de cette répression coloniale.

Par la suite, devenu Joseph Krasny, j'ai beaucoup voyagé par la plume, écrivant avec autorité sur des pays lointains que je ne connaissais pas et sur des situations innombrables dont je n'avais qu'un aperçu livresque. Notre désir d'embrasser le monde et ses lendemains ne s'embarrassait pas toujours de précautions ni de prudences. Le tout dernier article signé Joseph Krasny est cependant plus proche du terrain. Il est bizarrement paru dans *Libération*, le 3 mars 1980 : alors jeune journaliste dans un quotidien qui n'existe plus, *Le Matin*, j'avais repris mon pseudonyme pour une escapade chez la concurrence. Elle me menait en Chine, quand le premier « printemps de Pékin » commençait à refluer. C'était, via des trotskystes de Hongkong, une rencontre à Canton avec Wang Xizhe, l'un des trois auteurs du manifeste fondateur de la contestation chinoise, le *dazibao* « À propos de la démocratie et de la légalité sous le socialisme », affiché en 1974, signé Li Yizhe, un pseudonyme, et publié en France par les situationnistes sous le titre « Chinois, si vous saviez… ». Wang, qui se présentait alors comme une sorte de communiste critique, s'y affirmait en procureur du stalinisme et disait s'intéresser aux théories de Trotsky...

Il ne me déplaît pas que Joseph Krasny se soit évanoui après avoir cru rencontrer des trotskystes en Chine, comme d'autres auraient jugé leur vie accomplie après avoir retrouvé l'une des dernières tribus perdues d'Israël. Des trotskystes jusqu'en Chine, qui en aurait douté? C'est auprès de Gérard de Verbizier, dit « Vergeat », que j'avais appris à voir le monde entier comme un immense possible et le genre humain, en effet, comme une Internationale potentielle. Gérard fut mon premier contact quand, à la fin de l'été 1969, je frappai à la porte de la Ligue. Il était alors le commis voyageur de la Quatrième Internationale, unique permanent salarié de sa direction, le « Secrétariat unifié », infatigable globe-trotter de la révolution mondiale. Fatigué, il a fini par l'être, et pas qu'un peu, atteint d'un des pires diabètes qui soit et qui ne l'a jamais lâché depuis.

Gérard était notre livre de paroles, un conteur à l'ancienne, une sorte de Jules Verne révolutionnaire qui nous racontait l'univers dans des exposés étincelants dont nous ne nous apercevions même pas qu'ils pouvaient durer des heures. Dévastateur, son humour caustique cachait, nous l'apprendrions plus tard, d'infinies solitudes qui, heureusement, n'ont pas réussi à l'emporter. Issu d'une grande famille protestante, de celles qui ont toujours gardé en secrète mémoire le souvenir du « désert », des persécutions et des souffrances, il a logiquement suivi d'autres fils de mémoire résistante qui l'ont conduit au « yiddishland révolutionnaire », cet immense sous-continent européen disparu dont notre trotskysme fut aussi l'un des héritages. Gérard de Verbizier est notamment l'auteur d'un livre qui retrace minutieusement la vie de la 35e brigade FTP-MOI de Toulouse, entre 1942 et 1944. Son titre : *Ni travail, ni famille, ni patrie.*

En 1969, c'est à la demande de Gérard « Vergeat » que j'ai rencontré un homme de cette trempe-là, un homme qui avait vraiment choisi de ne pas avoir de patrie, ou plutôt d'avoir le genre humain pour seule patrie. Il se prénommait Elbio et, à dire vrai, je l'ai plutôt « réveillé » que rencontré, au sens où l'on use de cette expression pour les espions dormants dans les romans de John Le Carré.

Argentin de nationalité, ouvrier métallurgiste de profession, Elbio était passé du péronisme au trotskysme au début des années 1950. Quand la Quatrième Internationale décida d'aider sérieusement le FLN dans sa lutte pour l'indépendance algérienne, il accepta, lui qui n'avait jamais quitté sa ville, de quitter son pays, traversa l'Atlantique, fit un rapide transit à Amsterdam pour recevoir ses consignes et ses faux papiers, et arriva discrètement dans un coin perdu du

Maroc, non loin de la frontière avec l'Algérie. Là, retrouvant d'autres camarades trotskystes de diverses nationalités, ouvriers comme lui, il se mit à l'ouvrage. Ils organisèrent un atelier et usinèrent ce pour quoi ils étaient venus : des armes. Des armes pour le FLN. Des armes artisanales à une époque où l'Égypte et les pays de l'Est se faisaient encore prier pour assurer l'intendance. Plus précisément, des mitraillettes de leur invention et de leur fabrication.

Gérard ne connaissait pas le détail de cette histoire. C'est Elbio qui me l'a raconté après que, le rencontrant dans l'Ouest algérien avec les recommandations codées d'usage, je l'eus sorti de la torpeur militante dans laquelle l'avait plongé le coup d'État militaire de 1965. Il sous-marinait habilement, ayant réussi à éviter les arrestations et les tortures, suivies d'expulsions, qui avaient alors été le lot de nombre de trotskystes restés en Algérie après l'indépendance. Quelques années plus tard, il quitta, via Paris, sa nation d'adoption, pour retrouver son pays natal. Je ne sais ce qu'il est devenu et s'il a survécu à la dictature militaire argentine. Je lui dois, pour toujours, un bref aperçu de la clandestinité et quelques notions essentielles de survie.

Mais c'est la fin de son histoire de fabrique d'armes qui la rendait irrésistible, comme une morale ironique, résumant nos défaites victorieuses.

Quand la première mitraillette fut terminée, il fallut l'essayer. À l'air libre, en sortant de l'atelier qui, dissimulé, était confiné. On essaya, et ce ne fut pas concluant. On se remit à l'établi, on essaya encore, et rien à faire : les mitraillettes trotskystes ne tiraient qu'un coup à la fois, jamais en rafales. Bref, en tant que mitraillettes, elles n'étaient bonnes à rien. Des années plus tard, dans la seconde moitié des années 1960, tombant sur *Révolution africaine*, l'hebdomadaire du parti unique algérien, Elbio n'en crut pas ses yeux. Consacrée à la guérilla angolaise du MPLA contre la domination portugaise, la première page montrait un maquisard brandissant fièrement son arme.

« Tu te rends compte ! disait alors Elbio. C'étaient nos mitraillettes ! Celles qui n'avaient jamais servi, qui ne marchaient pas... Les Algériens les avaient refourguées aux Angolais... » Depuis, hélas, lesdits Angolais ne s'en sont pas contentés.

8

L'homme quelconque

En 1933, à Saint-Palais, près de Royan, Jean van Heijenoort ne fut pas le seul témoin des deux journées de discussions entre Malraux et Trotsky.

Outre « Van », deux autres militants avaient été requis pour servir de secrétaires et de gardes du corps durant le séjour du « Vieux » sur la côte atlantique. L'un ne peut plus témoigner : le trotskyste allemand Rudolf Klement ne fut pas assassiné par les nazis, mais par des agents soviétiques, en 1938. Découpé par un professionnel — un boucher, selon la police — et jeté dans la Seine en morceaux épars, son cadavre ne sera jamais retrouvé entier. Cette mise en scène plus barbare que de coutume, qui n'empêcha pas l'identification de ses restes, lui fut-elle réservée parce que, aux yeux de ses assassins, le trotskysme n'était pas son seul crime — il était aussi homosexuel ?

Le second, un Français, a publié ses *Mémoires*

d'un dinosaure trotskyste sur le tard, en 1999, l'année de ses quatre-vingt-huit ans. De cette scène, la rencontre Trotsky-Malraux, que je ne désespère pas de transformer en moment historique, Yvan Craipeau n'a pas gardé un souvenir impérissable : « Nous admirions beaucoup Malraux comme romancier. Sa conversation nous déçut, se souvient-il. Nous avions la pénible impression que, pour Malraux, le jeu l'emportait sur l'enjeu et l'aventurier sur l'homme politique. »

C'est pourtant bien l'aventure — l'aventure politique, ses coups du sort et ses revers de fortune — qu'évoque un autre dialogue de Saint-Palais, retranscrit par Craipeau. Au mépris des règles élémentaires de sécurité mais dans l'espoir de soulager un isolement politique qu'il vivait comme une réclusion forcée, Trotsky voulut absolument prendre lui-même le pouls du mouvement ouvrier français. Aussi réclama-t-il à ses camarades gardes de le mettre en rapport avec des militants communistes locaux, oppositionnels ou non, mais « de base » et, de préférence, prolétaires. C'est ainsi que, selon le décompte minutieux de Pierre Broué, « le Vieux » s'entretint avec un ostréiculteur, un cheminot, un plombier devenu jardinier, un instituteur, un chauffeur de taxi et un marchand de vélos. Dans le souvenir de Craipeau, le chauffeur de taxi était secrétaire de la cellule communiste de

Saint-Palais et n'hésita pas à poser la redoutable question suivante :

« Camarade Trotsky, comment avez-vous pu perdre le pouvoir ?

— Mon cher camarade, se défendit le fondateur de l'armée Rouge, le pouvoir n'est pas un mouchoir. »

Et Trotsky, évidemment, de se lancer dans un exposé didactique sur l'état de la Russie au sortir de la guerre civile, son délabrement et son arriération, son isolement international, le reflux révolutionnaire dans l'Europe des années 1920, ces rythmes de l'Histoire et ces forces objectives qui, selon lui, expliquaient logiquement la défaite de l'opposition de gauche au stalinisme.

Jean van Heijenoort fut aussi témoin de la scène et son récit diffère légèrement de celui de son camarade. Le chauffeur de taxi n'est plus secrétaire de cellule, c'est un militant de base qui travaille à Royan, porte un nom (Marcel Cureaudau) et s'entend répondre : « Ah, vous savez, camarade Cureaudau, on ne perd pas le pouvoir comme on perd son porte-monnaie. »

Alors, ce pouvoir, mouchoir ou porte-monnaie ? Toujours est-il que « Van » s'autorise ici la seule parenthèse personnelle de tout son témoignage, introduisant soudain un regard décalé, comme à distance, sur le grand homme dont il témoigne. « S'il m'est permis, pour une fois, d'ouvrir une parenthèse, écrit-il avec des précautions de bon élève soudain indiscipliné, je dirais que peut-être si, en un sens, on perd le pouvoir comme on perd son porte-monnaie ; on croit l'avoir ; tout à coup, on se tâte, on perd un vote au Bureau politique, il n'est plus là et on ne peut plus le retrouver ; il faudrait aussi examiner dans quel sens Trotsky a jamais "eu" le pouvoir. »

Porte-monnaie ou mouchoir, peu importe, je ne sais trop ce que suggérera cette anecdote à l'ex-trotskyste Jospin devenu, quoi qu'il prétende en affectant une posture modeste, homme de pouvoir, ne serait-ce que par devoir. Mais il me semble que Van Heijenoort avait bien sûr raison et que la façon dont Trotsky l'a perdu — s'il l'a jamais eu vraiment en tant qu'ancien opposant à Lénine et pièce rapportée au bolchevisme originel — a évidemment à voir avec sa confiscation par un parti unique, ses organes dirigeants et leurs chefs, hors de toute vie démocratique transparente.

Dans les urnes au moins, le pouvoir ne se perd pas comme par mégarde. Pour le laisser échapper, comme d'ailleurs pour l'obtenir, il faut y mettre du sien — et c'est heureux.

Cette même année 1933, Yvan Craipeau s'est marié.

Expulsée de Pologne pour son activité communiste, la jeune Maria Rothenberg se tourna vers les trotskystes après la victoire de Hitler. Un jour de réunion politique, elle fit discrètement passer à Yvan un petit papier plié où elle avait écrit cette seule question : «J'ai besoin de la nationalité française, veux-tu m'épouser ? » Il le renvoya avec sa réponse : « D'accord. » Ce devait être plus complexe que ne le laissent apparemment supposer ces arrangements automatiques : le mariage blanc ne le resta pas, évidemment.

Le jour venu, à la mairie du XVe arrondissement, les deux témoins des mariés furent deux de nos compagnons de voyage : David Rousset et Jean van Heijenoort.

Pratiquement du même âge, à un an près, Yvan Craipeau et Jean van Heijenoort étaient de bons copains depuis leurs premières armes militantes, quand ils étaient en classes préparatoires au Quartier latin, le « matheux » au lycée Saint-Louis, le littéraire au lycée Henri-IV où Craipeau suivit les cours du philosophe Alain et eut pour condisciple Maurice Schumann, futur porte-parole de la France libre. Dans cette minuscule cohorte de jeunes trotskystes, ils comptaient parmi les meilleurs cadres potentiels. Ils en avaient en tout cas l'audace et la liberté : dès 1937, Yvan Craipeau se distingua par des thèses contestant le dogme de la « nature ouvrière » de l'État soviétique qui, chez Trotsky, entraînait le corollaire d'une défense sans conditions contre ses adversaires capitalistes de cet « État ouvrier dégénéré », fût-il toujours dirigé par « la clique bureaucratique de Caïn-Staline ».

Après la guerre durant laquelle il fut un clandestin actif, Craipeau devint le temps d'une année, en 1946, secrétaire général du Parti communiste internationaliste (PCI), l'organisation trotskyste réunifiée, meneur d'une majorité aussi fragile qu'éphémère, jugée conciliatrice par ses adversaires que, en retour, elle estimait sectaires. Tout comme « Van », Craipeau mit fin à son trotskysme de parti en 1947-1948, après presque deux décennies d'activisme minoritaire dans une époque qui ne fut pas tendre. Mais, comme la plupart de ces militants pionniers, il resta trotskyste dans l'âme ainsi qu'en témoignent ses mémoires.

Cela va de soi : quand on la croise vraiment, et non par procuration, l'Histoire laisse une marque indélébile. En 1938, dix ans avant l'éloignement de son époux du trotskysme de parti, la camarade vite épousée, Maria Rothenberg devenue Craipeau, s'était liée d'amitié avec une jeune militante trotskyste américaine, Sylvia Ageloff, qui passait quelques mois en France. Elle fit ainsi la connaissance de l'homme qui devint l'amant de Sylvia, après l'avoir courtisée avec empressement. Il se disait belge et journaliste sportif, deux invraisemblances dont les historiens se demandent encore comment il réussit à les faire avaler, mais il devait avoir d'autres talents. Sylvia tenait énormément à lui, il s'en alla donc la retrouver outre-Atlantique, s'introduisit ensuite dans le tout petit monde des militants trotskystes dépêchés auprès du « Vieux » à Mexico et réussit de cette façon à s'approcher au plus près de sa cible : le 20 août 1940, Ramon Mercader frappait Trotsky à la tête d'un coup de piolet asséné par-derrière. L'assassin tenta un second coup, mais Trotsky se redressa et, de toutes ses forces, réussit à l'en empêcher. Avant de perdre conscience, Léon aura le temps de raconter la scène à Natalia : le vieux lutteur était fier d'avoir su résister, une dernière fois. Ramon Mercader mourra dans son lit : libéré des prisons mexicaines en 1960, après vingt ans de détention, il rejoignit Moscou via Prague, fut décoré de l'ordre de Lénine et s'endormit pour toujours en 1979. Sa vie se résume à cet acte-là : la mort d'un homme rare.

Ce mort, pour Staline et pour Hitler, n'était pas de trop. Dans le fracas de la guerre mondiale commençante, le 20 août 1940 ne fut certes pas une date et, sur l'instant, la nouvelle parut secondaire. Mais pour les deux chefs totalitaires, c'était comme si un spectre qui n'avait cessé de les hanter, pour des raisons à la fois différentes et semblables, s'était subitement évanoui. Cet assassinat n'est donc pas anecdotique. Il clôt un monde, ferme une ère. Définitivement, ce me semble être une borne marquant symboliquement la frontière entre deux époques de l'espérance révolutionnaire. Trotsky était l'un des rares, sinon le seul, qui, s'il avait vécu au-delà de 1945, aurait pu confronter la dévastation du réel et des âmes produite par la guerre et le totalitarisme avec le souvenir du monde politique, intellectuel et culturel dans lequel s'étaient structurées ses propres indignations morales à la fin du XIXe siècle, monde dont il ne restait pratiquement plus rien. On ne sait pas ce qu'il en aurait dit et fait, ni jusqu'où sa pensée serait allée dans les remises en cause, ajustements, infléchissements. On sait seulement que, quoique de petite échelle humaine, le geste misérable de Mercader a fermé un possible pour l'humanité.

Trotsky mort, ses partisans entreront dans la guerre comme des orphelins. Désorientés et dispersés, extrêmement minoritaires, persécutés de part et d'autre, par les nazis comme par les staliniens. Méconnu, le témoignage sans prétention de Craipeau le fait comprendre et sentir, retraçant l'itinéraire d'un activiste qui, jusqu'en 1948, ne se déroba jamais. De plus, il a ceci de fascinant qu'on y croise, comme dans un film accéléré, la plupart des personnages qui habitent cette ancienne histoire. Et parfois même d'autres, inattendus, dont le passage éclair jette un pont avec notre présent...

Le militantisme, la guerre, la résistance, la clandestinité avaient éloigné Yvan de Maria qui s'en ira, après guerre, vivre un temps aux États-Unis. Ayant courageusement réussi à échapper plusieurs fois à la Gestapo, Craipeau était devenu, après l'arrestation des autres membres du Comité central, le dirigeant à tout faire, politique, militaire, financier, de la principale organisation trotskyste clandestine, le Parti ouvrier internationaliste (POI). À la Libération, il accueillit ses camarades rescapés des camps, parmi lesquels Roland et Yvonne Filiatre, Roland cet aîné auquel avait été confiée la responsabilité du travail clandestin en direction de l'armée allemande, Roland cette rare recrue ouvrière, électricien à la Ville de Paris, Roland l'intraitable qui sous la torture avait tenu bon, n'avait livré aucune adresse, Roland qui hurla à Yvonne, quand ses tortionnaires l'amenèrent pour tenter de le faire céder : « Si tu parles, je ne veux plus te voir ! », Roland qui avait connu Dachau, Buchenwald et Dora, et en revint les dents cassées, pesant trente-cinq kilos, Roland dont David Rousset dira l'héroïsme tranquille dans *Les Jours de notre mort*.

Or Filiatre demanda à Craipeau d'héberger une camarade de déportation, juive, médecin et ancienne communiste, Mélanie Gothé, née à Czernowitz, alors en Roumanie. Pour Yvan, elle deviendra « Méla », sa seconde épouse et la mère de son fils, Jean-Loup, né en 1948, dont le second prénom est Jean-René, en hommage amical à Jean-René Chauvin, autre militant trotskyste déporté. Ce fut une grossesse difficile, mais une excellente gynécologue s'occupait de « Méla », une amie de déportation, compagne de malheur et rescapée de l'horreur, le Dr Schrameck. Dans les mêmes années, cette survivante-là eut elle aussi un fils, Olivier, enfant du bonheur sinon retrouvé, du moins espéré. C'est un de ces innombrables hasards qui me sont bavards : Olivier Schrameck, pour qui le trotskysme est probablement une étrangeté, est aujourd'hui le plus proche collaborateur de l'ex-lambertiste Lionel Jospin, son directeur de cabinet.

Nos sectarismes juvéniles ont fait que, avant de découvrir bien tard ce que fut sa vie, je ne me suis pas intéressé à Yvan Craipeau quand son parcours aurait pu nous instruire. Membre de la direction du Parti socialiste unifié (PSU) dans les années 1970, il n'était à nos yeux que l'un de ces « centristes » dont nous moquions le manque de consistance idéologique et de fermeté organisationnelle, tandis que nous pensions, tout comme lui à nos âges, incarner l'authentique bolchevisme. Déjà « un petit homme sans âge » en 1929, dans le souvenir que garde Craipeau de sa première visite au local de *La Vérité*, Pierre Frank fut à la Ligue notre seul lien avec ce trotskysme des origines et sans doute était-ce un lien, sinon pauvre, du moins partiel, imparfait et incomplet.

Dans les mémoires du « dinosaure » Craipeau, l'on croise une foule de personnages dont, sans nul doute, les vies militantes auront été plus impérissables que bien des nôtres : les grands aînés, Denise et Pierre Naville, le théoricien « quelque peu distant » ; son ami le futur avocat Gérard Rosenthal, « chaleureux et sentimental », qui avait été du voyage à Moscou, en 1927 ; l'étudiant roumain « Barta », « réservé, souvent taciturne », avec lequel Craipeau partage un temps une chambre ; un adhérent bohème plus connu, de nos jours, pour ses tableaux que pour sa jeunesse trotskyste, le peintre Atlan ; l'Italien Pietro Tresso, dit « Blasco », ex-fondateur du PCI avec Antonio Gramsci, assassiné par des staliniens français en 1943, dans le maquis qu'il avait rejoint après s'être évadé de prison avec des militants communistes ; le « groupe juif », tailleurs et casquettiers venus d'Europe orientale, en rupture avec le PC et, en ce sens, « émigrés au deuxième degré », publiant leur propre journal en yiddish, *Clarté*, et constituant à eux seuls, au tout début du trotskysme en France, le tiers des maigres effectifs ; et, bien sûr, tous ces militants qui épousèrent les luttes intestines de Craipeau et firent ensuite reparler d'eux dans d'autres domaines, tels Laurent Schwartz ou les fondateurs de la FNAC, André Essel et Max Théret.

Page 249, on y trouve même Pierre Lambert.

Après un intermède antillais, en Guadeloupe comme professeur de lettres, où il découvrit une réalité coloniale qu'il s'empressa de dénoncer sous un pseudonyme dans les colonnes de *France-Observateur*, Yvan Craipeau revint en France en 1954. L'organisation qu'il avait quittée unifiée avait, entre-temps, éclaté et scissionné, ceux qui firent alliance contre lui s'écharpant de plus belle. Tout naturellement, chacun des groupes tenta de récupérer à son compte l'ancien dirigeant, en pure perte puisque ce trotskyste-là avait fait son deuil d'une organisation trotskyste indépendante, préférant l'aimable confusion de rassemblements plus larges à la pureté doctrinale de groupes potentiellement sectaires. Avec Pierre Frank et d'autres, la discussion n'en fut pas moins fraternelle. Rien de tel avec Pierre Lambert.

Je ne sais s'il est carrément romancé ou seulement forcé, mais le récit qu'en fait Craipeau est assez parlant, visuel même avec sa chute grand-guignolesque : « Avec Lambert, les discussions se bornent à un double monologue. Je n'ai rien à voir avec son dogmatisme mâtiné d'opportunisme syndical, ni avec sa mystique de "l'Organisation", à laquelle tout doit être sacrifié — un comportement stalinien sous couvert d'idéologie trotskyste. Il veut à tout prix mon adhésion. La discussion tourne au vinaigre. Ses visites me lassent. Je le lui dis. Il conclut avec grandiloquence : “L’adhésion ou le cercueil.” Je le flanque à la porte. Il dégringole l’escalier avec mon pied dans les fesses. Il ne me le pardonnera jamais. »

C’est notre ultime mystère : un homme, encore une fois.

Il entre toujours un peu de transgression dans le fait d’imaginer un puissant en posture humiliante et ridicule. Car comment ne pas croire que cet homme-là, Pierre Lambert, homme de réseaux multiples, de secrets bien gardés et d’amitiés excessivement fidèles, détienne une puissance énigmatique ? D’où vient que, aussi minoritaire soit-il en apparence, il puisse donner l’impression d’être au cœur de la République, tirant des fils personnels qui mêlent, voire embrouillent, franc-maçonnerie, syndicats et partis, tandis que son organisation lui reste entièrement dévouée et soumise ? Et ce secret trotskyste de Lionel Jospin, à la révélation duquel il prit grand soin de ne pas se mêler, n’est-il pas son triomphe discret, la démonstration éclatante du pouvoir qu’il eut et qu’il croit peut-être avoir encore ?

« Ceux qui écriront l’histoire de la seconde moitié du XXe siècle devront faire une place à cet homme d’influence qui a marqué les luttes de classes en France et qui a joué un rôle d’avant-garde dans le mouvement ouvrier révolutionnaire à l'échelle internationale», n'hésite pas à proclamer l'universitaire Pierre Fougeyrollas, dans un portrait dithyrambique de ce «mentor politique exceptionnel» au «charisme non recherché, mais réel», «bon vivant et gourmet», aimant «la bonne chère et les très bons vins». Ayant rejoint l'OCI tardivement, dans sa quarante-neuvième année — l'âge même où Lionel Jospin rompit enfin ses relations avec elle —, ce philosophe et sociologue au parcours original l'a pourtant quittée en 1990, découvrant qu'il n'était plus marxiste au lendemain de la chute du mur de Berlin. Mais Fougeyrollas, dont la conversion aux études philosophiques fut l'œuvre de Canguilhem, ce maître intègre que j'ai convoqué au début de cette souvenance en compagnie du héros spinoziste Cavaillès, n'est pas une exception : bien d'autres témoignages amicaux confirment que les fidélités à l'homme Lambert survivent aux fidélités au parti lambertiste.

Pas toujours. Pas pour les exclus et autres traîtres à la cause dont les noms remplissent la longue liste des épurations qu'a connues l'OCI. Pas pour ceux, et non des moindres, qui confient aujourd'hui avoir eu le sentiment de vivre au sein d'une «secte» dont Lambert aurait été le «gourou». Car l'inventeur, sinon du mot, du moins de la pratique que l'on nomme lambertisme semble tolérer plus facilement la remise en cause du marxisme que celle de son leadership. À l'approche du terme de ce voyage en trotskysme, douleurs et plaisirs confondus, joies et tristesses mêlées, on a peine à croire qu'une organisation s'en réclamant puisse, de nos jours encore, exclure des opposants avec une rhétorique digne des pires moments des partis staliniens, où les désaccords deviennent des déviances et les divergences des délinquances.

Exclu en 1966, Boris Fraenkel, l'ex-cornac de Lionel Jospin, fut accusé d'utiliser les « problèmes sexuels de la jeunesse pour tenter de constituer une clique "sexualo-sectaire", courroie de transmission de l'idéologie décomposée du vieux monde ». Cette grande prescience de l'ébranlement des aliénations culturelles, familiales, sexistes et sexuelles qui allait être, deux ans plus tard, l'un des ingrédients de Mai 68 s'appuyait sur un consistant dossier de police, à la fois privée et intellectuelle : bisexuel assumé et revendiqué, Fraenkel fut l'un des traducteurs d'*Eros et civilisation* de Herbert Marcuse et l'inlassable propagandiste de l'œuvre du psychanalyste Wilhelm Reich, l'auteur entre autres de *La Révolution sexuelle* et de *La Lutte sexuelle des jeunes.*

Exclu en 1973, Balazs Nagy, alias « Michel Varga », alors membre du bureau politique de l'OCI et pas n'importe lequel puisqu'il avait été l'un des animateurs de la révolte antibureaucratique de Budapest — l'« Octobre hongrois » de 1956 avec ses conseils ouvriers —, fut accusé de « capitulation ouverte devant le stalinisme ». L'argument idéologique semblant difficile à étayer, l'OCI le remplaça par de prétendues preuves policières : « démasqué » grâce à l'étude de son courrier qu'il aurait confié à un militant de l'OCI, Varga fut publiquement, et sans rire, dénoncé comme « agent double du Guépéou et de la CIA », homme lige des bureaucrates soviétiques et des impérialistes américains réunis.

Exclu en 1979, Charles Berg, alors considéré comme le numéro deux et successeur naturel de Pierre Lambert, fut contraint d'avouer ses crimes obscurs durant une séance du bureau politique, le 16 février 1979 : « Pour moi, ce qui se passe, je ne vois qu'un mot pour le caractériser, c'est une trahison politique et individuelle. » La phrase est citée dans le réquisitoire du procureur Stéphane Just, qui précise : « Berg se caractérise lui-même : un traître », à l'attention d'une organisation qu'un héritage de persécutions devrait pourtant prémunir contre la religion des aveux. Jouant — verbalement certes, mais tout de même... — sur le registre sanitaire qu'affectionnait le stalinisme triomphant, dont l'appareil était purifié par l'appel récurrent à exterminer vermine, parasites et microbes, ledit réquisitoire est sobrement titré : « Une tumeur extirpée ». Ayant résisté à la « pénétration de la réaction » que symbolisait « l'entreprise de destruction de l'OCI » menée par Berg sous « la pression de la société bourgeoise conjuguée à celle du stalinisme », le corps de l'organisation était redevenu sain. Pas pour longtemps...

Exclu à son tour en 1984 en compagnie de plusieurs de ses proches, Stéphane Just, le procureur de 1979, eut droit à la dénonciation de son « esprit de clique » et fut associé, par la suite, à la « véritable organisation parasitaire secrète » constituée, selon la direction de l'OCI, par Jean-Christophe Cambadélis avant son départ pour le PS, en 1986. En 1987 encore, peu avant de mourir, l'un des vieux dirigeants lambertistes non encore exclu ou parti, Gérard Bloch, qui devint trotskyste sous l'Occupation et fut déporté à Dachau, dénonçait « la trahison de Cambadélis, Michel Broué et Cie ». Pieusement éditée par l'OCI, cette « Dernière lettre de Gérard Bloch à un jeune camarade » est une curiosité où ce professeur de mathématiques sanctionne à titre posthume Jean van Heijenoort pour avoir commis « un article assez misérable » contre Marx et Engels, plaide contre lui l'extraordinaire prescience mathématique de ces derniers et cependant conclut en recommandant à son interlocuteur de faire sienne la devise de Marx : *De omnibus dubitandum*, autrement dit : « Il faut douter de tout »...

Il y a là de quoi rendre muet sur son passé plus

d'un ancien lambertiste, et pas seulement Lionel Jospin. La politique comme guerre, le parti comme armée, le dissident comme ennemi, les convictions comme manœuvre, les idées comme munitions, la haine comme argument, la détestation comme discussion, l'exclusion comme méthode, on aimerait comprendre, et cela ne va pas de soi.

À la Ligue, nous avions en cette matière une brochure d'avance.

Relue trente ans après sa parution, en 1971, l'étude d'Henri Weber sur le lambertisme tient la distance. Sobrement intitulé « Qu'est-ce que l'AJS ? » — sigle de l'organisation de jeunesse de l'OCI, l'Alliance des jeunes pour le socialisme, alors plus connue — et sous-titré « Contribution à l'analyse de l'extrême gauche », ce « Cahier rouge » publié par François Maspero disait déjà l'essentiel, de façon fort pédagogique. Comme s'il se défaisait lentement d'un premier grand amour, d'un de ces amours de jeunesse dont la marque sentimentale ne s'efface jamais tout à fait, Henri Weber a insensiblement quitté la LCR, se tournant au début des années 1980 vers le PS dont il est devenu l'un des dirigeants, sénateur et fabiusien. Dans un monde imaginaire où l'humour et la franchise, la fraternité et la lucidité seraient les valeurs les mieux partagées, sa brochure aurait pu avantageusement enrichir les débats de la direction socialiste après la demi-confession de Lionel Jospin...

Une secte donc, une secte comme la laïcisation de l'espérance en a toujours connu dans ce qu'elle charrie forcément de religiosité enfouie et de scories cléricales, une secte politique au sens où l'entendait déjà Karl Marx, écrivant dans une lettre en 1868 : « La secte cherche sa raison d'être et son point d'honneur, non pas dans ce qu'il y a de commun, au sein du mouvement ouvrier, mais dans sa recette particulière qui la distingue de ce mouvement. » À cette aune, l'OCI était un cas d'école, clairement disséqué par Henri Weber : le catastrophisme lambertiste induit logiquement une mystique de l'organisation, de sa discipline et de sa cohésion, seule garantie de survie ; tout aussi logiquement, cette vision apocalyptique de la réalité capitaliste va de pair avec un opportunisme d'adaptation aux organisations dominantes, toujours au nom de la survie.

« Phraséologie ultra-gauche » et « pratique ultra-droitière », écrivait Weber, sont les deux faces d'une même médaille où « s'éclaire la fonction idéologique du catastrophisme lambertiste » : « Défense oblige ! En effet, dans quelles circonstances les marxistes révolutionnaires les plus sourcilleux peuvent-ils développer une pratique modérée, prudente, précautionneuse ?... Dans les périodes de grand péril, où l'ennemi de classe joue son va-tout, et où en conséquence le mouvement ouvrier encourt de graves risques en s'engageant dans la lutte de manière impulsive et irréfléchie. »

Écrit dans la langue de l'époque, qui ne me semble pas si obscure que cela, ce raisonnement reste de bon sens. Les plus sectaires donnent les pires opportunistes, de la même façon que les dévots assidus cachent souvent des pécheurs récidivistes. Loin d'offrir une image immaculée du trotskysme, le texte de Weber ébauchait de plus une explication historique de cette double dégénérescence, sectaire et opportuniste. « L'image d'une Internationale trotskyste, numériquement réduite mais politiquement sans tache, se perpétuant dans sa pureté bolchevique au sein d'un mouvement ouvrier en pleine dégénérescence est une vue de l'esprit naïve et invraisemblable, écrivait-il. En réalité, le mouvement trotskyste a été profondément marqué par les conditions historiques dans lesquelles il s'est constitué. Il porte les stigmates de son isolement, de sa marginalité, de son impuissance pratique, ce qui le rend vulnérable à toutes les pressions. »

Ce fétichisme des différences qui caractérise l'univers lambertiste et nous le rend si énigmatique est, paradoxalement, un sous-produit du stalinisme, son effet-miroir parmi ceux qui prétendaient lui contester sa légitimité sur son terrain même — l'héritage bolchevique, la classe ouvrière, la révolution prolétarienne, etc. À cette explication par l'Histoire, il faudrait ajouter la sociologie : parmi les multiples facteurs qui ont préservé la Ligue telle que je l'ai connue de ces tentations-là, il y eut, tout aussi paradoxalement, sa moindre implantation originelle dans le monde ouvrier traditionnel qui allait de pair avec une méfiance spontanée pour les discours ouvriéristes.

Si, de nos jours, l'OCI et Lutte ouvrière présentent chacune des travers d'opacité sur leur vie interne, de secrets d'appareils non partagés par les militants de base, de refus d'une pluralité démocratique ouverte sur l'extérieur, c'est en partie un héritage : ces deux courants furent marqués, dès l'origine, bien avant que Mai 68 ne change la donne, par la confrontation avec le Parti communiste et la CGT d'alors au sein des usines, dans les entreprises. Or sur ce territoire que leurs appareils, politiques et syndicaux entremêlés, contrôlaient comme s'il s'agissait de leur propriété privée, la démocratie ouvrière était un vain mot. Ils n'entendaient aucunement partager, le faisant savoir par la violence physique si besoin était. Survivre, résister supposait donc de biaiser et de ruser, de ne pas se faire prendre et de se faire craindre.

Évidemment, cette vieille causalité ne saurait tenir lieu d'excuse éternelle. Mais elle permet de comprendre, d'introduire une logique explicative dans un inévitable jugement moral qui, s'il était laissé à lui-même, ne laisserait d'autre issue que la pénitence ou le silence. Parmi les anciens blessés de l'aventure lambertiste, ceux qui ont refusé l'une et l'autre rejoignent d'ailleurs l'analyse d'Henri Weber. L'OCI fut « une organisation antistalinienne elle-même infectée par le virus du stalinisme », explique aujourd'hui l'exclu de 1979, Charles Berg, qui, renonçant à son pseudonyme militant, s'est inventé une nouvelle identité, « Jacques Kirsner ». Un second nom d'invention, qui n'est donc pas son identité d'état civil, une identité où la fiction tout court succède aux fictions politiques : Jacques Kirsner est scénariste et producteur de cinéma.

Mais Berg-Kirsner n'a pas totalement renoncé aux disciplines prophétiques de sa jeunesse : il signe aussi « Charles Jérémie » dans *Carré rouge*, la revue qu'il anime depuis 1996 avec d'autres anciens lambertistes, à la fois fidèles à leurs idéaux de jeunesse et critiques de leurs aveuglements sectaires. Dans cette pérégrination en terre étrange à laquelle je m'oblige, la rencontre de cette amicale, sorte de sas de décompression pour rescapés d'une trop longue plongée en eaux profondes et troubles, est une heureuse surprise. Ceux-là ne tournent pas la page sans la lire. Ils y reviennent, inlassablement, douloureusement et, me semble-t-il, lucidement. Charles Berg/Jérémie y pose régulièrement de bonnes questions : celle du parti dans sa conception léniniste, dont les trotskystes se voulaient les meilleurs défenseurs, celle du substitutisme et du volontarisme qui y sont associés; celle, surtout, de la démocratie dont il écrit aujourd'hui que, « substrat du projet émancipateur », elle n'est pas « une technique » mais « un préambule, un prologue fondateur » qui doit « déterminer chaque section, innerver chaque domaine, fonder chaque proposition » de ceux qui se revendiquent du socialisme.

Ce sont peut-être des évidences, mais elles n'ont pas la même intensité selon qu'elles disent un contentement ou une exigence, paroles en l'air exprimant la satisfaction du monde tel qu'il est ou paroles sur terre revendiquant l'envie de le transformer pour le rendre plus juste. Bref, il n'est pas indifférent que cette radicalité démocratique soit proclamée par ceux qui ne renoncent pas au changement social. Toujours la même discipline : ne pas aller au plus court, au plus facile; prendre date pour mieux passer le témoin; apprendre à penser contre soi-même...

L'exercice oblige parfois à des échanges pathétiques. Charles Berg/Jérémie a ainsi tenu à prendre sa plume pour rendre hommage à son propre procureur, Stéphane Just, décédé en 1997 et avec lequel il avait renoué après que ce dernier eut été à son tour voué aux gémonies. Évoquant l'une de leurs dernières discussions où ils parlèrent du « procès stalinien » fait par l'OCI au Hongrois « Varga », il écrit : « Je lui faisais part des réflexions qu'au-delà de cette période m'inspirait la question du parti "léniniste". Évidemment, il ne partageait pas mon opinion. Évoquant la litanie des exclusions, les méthodes utilisées, je lui dis : heureusement que jamais nous n'avons exercé le pouvoir... Il hocha la tête, non sans avoir passé sa main derrière la nuque... »

Leur histoire ne fut certes pas la nôtre, mais il ne nous est pas interdit d'apprendre de leur tristesse. Dans le numéro suivant de *Carré rouge*, en écho aux interrogations de Berg, l'un d'eux, Benoît Mély, confiait son « malaise » d'avoir appartenu « à une organisation qui aurait pu faire de moi un assassin si elle avait réalisé son objectif affiché », s'autorisant par la grâce du pouvoir un terrorisme qui n'aurait plus été seulement verbal et remplaçant l'exclusion humiliante par l'exécution sommaire. Dès lors, il posait à lui-même et à ses anciens camarades une question qu'il avait reprise au poète et militant marocain Abdelatif Laabi, compagnon politique de l'opposant Abraham Serfaty : « Qu'avons-nous reproduit du monstrueux que nous avons combattu ? »

Pour la Ligue et ma propre expérience, je

serais évidemment tenté de répondre, sans hésiter : rien. Mais je me mentirais sans doute à moi-même. Même les causes les plus justes, les plus idéales et les plus évidentes côtoient le risque moral, cet abîme où la conviction devient injustice. En 1943, alors qu'il était le résistant « Alexandre », poète surréaliste devenu chef de guerre, René Char écrivait dans un billet adressé à un camarade de combat : « Je veux n'oublier jamais que l'on m'a contraint à devenir — pour combien de temps ? — un monstre de justice et d'intolérance, un simplificateur claquemuré, un personnage arctique qui se désintéresse du sort de quiconque ne se ligue pas avec lui pour abattre les chiens de l'enfer. »

« Vacherie des vacheries, si on n'a pas su faire autre chose de nos peaux et de notre programme… »

Les anciens lambertistes ont leur figure romantique, à la fois tragique et heureuse, désespérée et volontaire. Il se faisait appeler « Raoul », se nommait en fait Claude Bernard, fut après Mai 68 l'animateur respecté du fameux « rayon du spectacle » de l'OCI, avait à l'évidence une forte présence et une belle prestance, semblait habité par une flamme intérieure dont le rayonnement séduisait hors du cercle fermé des militants professionnels ; il mourut en 1994 à soixante-douze ans et cette phrase témoigne de son échec : il quitta silencieusement en 1989 l'organisation qu'il avait rejointe sous l'Occupation et dont il avait grandement contribué à construire l'appareil, s'occupant notamment des finances. « L'unique jugement que "Raoul" ait porté publiquement et ainsi pleinement assumé sur ce qu'avait été son parti de 1942 à 1989 et sur les hommes qui composaient alors sa direction, c'est de l'avoir quitté, écrit à son propos Pierre Broué dans une sorte d'oraison funèbre. C'est cet acte et lui seul qui constitue la véritable conclusion de la trajectoire militante de "Raoul". »

L'ego-histoire n'est pas le fort des historiens classiques, encore moins quand ils furent lambertistes. Professionnel reconnu dans sa discipline, Pierre Broué ne s'est pas risqué à écrire l'histoire de l'organisation dont il fut exclu, sous un prétexte futile, en 1989. Il a préféré l'affronter de biais, en 1995, dans ses *Cahiers Léon Trotsky*, au détour d'un hommage à « Raoul », récit de vie posthume nourri de nombreux documents inédits, textes internes et lettres personnelles. Or, parmi mille pistes qui mériteraient d'être approfondies, on y trouve le chemin qui mène aux origines historiques concrètes de la pratique lambertiste, par-delà les généralités idéologiques : le trotskysme des années 1930, puis sous l'Occupation.

Car Léon Trotsky, il faut bien le reconnaître, y a un peu mis du sien.

« Le Vieux » ne saurait être totalement exonéré des tourments qui, un demi-siècle après sa mort, ont assailli et taraudé les ex-lambertistes. Leur culture d'organisation doit même beaucoup à ses propres erreurs. On peut être grand homme et se tromper diablement sur les hommes. Or c'est ce que s'est longtemps entêté à faire Trotsky dans ses consignes impératives à ses maigres sympathisants français — à peine plus d'une centaine quand il arriva en France, en 1933. Un penchant que l'on pourrait qualifier de « bolcho-russe », produit de la verticalité bolchevique durant la révolution et de la militarisation russe durant la guerre civile, l'amenait à privilégier spontanément les caractères efficaces, fussent-ils brutaux, le génie de l'organisation, fût-il aussi celui de l'intrigue, le goût de l'action, fût-il dénué de sens moral. S'y ajoutait probablement, dans un aristocratisme à rebours, une tendance à préférer accorder sa confiance à son contraire, le militant qui ne se prétend ni intellectuel ni écrivain, qui s'affirme par ce qu'il fait et non par ce qu'il écrit.

Aux hautes figures intellectuelles qu'étaient Alfred Rosmer et Pierre Naville, Trotsky préféra donc des activistes hauts en couleur : les frères Molinier, Raymond le cadet et Henri l'aîné, que soutenait notamment Pierre Frank. « Le Vieux » avait ses raisons : débrouillards et audacieux, courageux et inventifs, les Molinier réglaient habilement une foule de problèmes, matériels et financiers, de sécurité et de clandestinité. Mais Trotsky confondait les registres : ces talents-là n'en faisaient pas pour autant des dirigeants politiques de grande stature. Jusqu'à ce qu'il se résolve enfin à rompre toute relation personnelle avec Raymond Molinier, en 1936, il fit des deux frères ses hommes de confiance au prix de blessures narcissiques et de ruptures amicales dont Naville et Rosmer firent longtemps les frais.

Il fut conforté dans cette attitude par son fils aîné, Lev Sedov, « Liova » en qui il avait une confiance démesurée alors qu'il ne semble pas avoir été un modèle de prudence et de subtilité. À la fois dévoué à la cause et écrasé par la figure paternelle, Sedov mourut en 1938, après une opération banale dans une clinique de la région parisienne, probablement assassiné par des agents staliniens bien que la preuve formelle n'en ait pas été apportée. Entre-temps, il était tombé amoureux de l'épouse de Raymond Molinier sans que ce dernier y trouve beaucoup à redire : après la mort de « Liova », celle-ci fera tout, y compris engager une procédure en justice contre Trotsky avec le soutien des frères Molinier, pour tenter de garder auprès d'elle Sieva, le petit-fils de Léon, le fils de Zina...

Imbroglio du privé et du public, mélange de la petite et de la grande histoire : si j'évoque rapidement ces vieilles querelles de famille, c'est parce que nombre de traits distinctifs du lambertisme ont émergé dans ce bouillon de culture microcosmique. Cherchant l'efficacité avant tout, mettant au centre de son activisme l'organisation, son appareil et ses moyens, s'épanouissant dans l'entrisme à la SFIO au point de ne plus vouloir en sortir, ne renâclant pas à l'affrontement physique, entretenant déjà des contacts avec la franc-maçonnerie, peu regardant sur les méthodes et sans états d'âme particuliers, le « moliniérisme » semble bien avoir été le modèle du « lambertisme ».

Les frères Molinier avaient cette originalité d'être « dans les affaires », des affaires rentables qui leur appartenaient en propre, mais dont ils se servaient pour financer l'organisation, pesant ainsi du poids particulier que donne à ceux qui le maîtrisent le nerf de beaucoup de guerres, l'argent. De drôles d'affaires, à la vérité, pour des communistes révolutionnaires, puisqu'il s'agissait d'une société de recouvrement gérant des contentieux. « La place d'hommes d'affaires dans un groupement communiste n'est possible que s'ils comprennent exactement ce qu'ils y peuvent faire, écrivit très justement mais en vain Alfred Rosmer à Trotsky, dès 1930. S'ils prétendent jouer un rôle politique de premier plan — surtout quand ils sont des illettrés —, ça ne peut pas marcher. C'est précisément ce qui vient de nous arriver. Nous avons trouvé devant nous l'homme d'affaires et non pas le communiste. Il [Raymond Molinier] nous a en effet déclaré : “Les Juges d'instruction de la bourgeoisie ne m'ont pas eu. Ce n'est pas vous qui m'aurez.” »

On comprend que l'intègre et fidèle Naville, évoquant Raymond Molinier dans ses souvenirs, n'arrive même pas à dire son nom et écrive à la place : « le pirate soutenu par Trotsky ». Toutefois, les jeunes militants étaient séduits et entraînés par ces deux frères au parfum d'aventure. Jean van Heijenoort ne le cache pas : il fut moliniériste parce que activiste, jusqu'à ce que Trotsky rompe. Mais, dans ses souvenirs, il décrit sans manières leurs méthodes : « Ils rachetaient à vil prix des traites impayées et essayaient ensuite de les recouvrer par des moyens qui, sans peut-être outrepasser les limites de la légalité, comportaient la brutalité et le chantage. » Ne taisant pas, lui non plus, son premier mouvement d'admiration pour Raymond Molinier, Yvan Craipeau raconte toutefois comment ce dernier tenta d'exiger de lui qu'il se débrouille pour « coucher » avec une jeune camarade grecque qui occupait un poste dirigeant dans un groupe marxiste hellène avec lequel les trotskystes voulaient s'allier. « Je n'imaginais pas de tels détours de l'action politique », commente-t-il sobrement.

Avec la même sobriété, Alfred Rosmer, dans

une autre lettre de 1930, tenta de faire comprendre à Trotsky la différence entre efficacité et lucidité : « Je connais bien les qualités de Raymond et je les apprécie à leur valeur : elles ne sont pas si communes. Mais, dans le domaine politique, il est un danger permanent ; on a toujours peur qu'il commette une grosse sottise. » Pas si commun, en effet. Ne soyons pas hypocrites : de tels personnages cherchant fortune et aventure, guère embarrassés par la loi et la morale, font aisément des héros dans des circonstances où la loi et la morale n'ont plus cours.

À la Ligue, autant l'avouer, Raymond Molinier était à lui seul une légende. Une légende un peu floue cependant, une légende incomplète qui ne commençait qu'en octobre 1940 quand, réfugié à Lisbonne, il fit la connaissance des célèbres clowns Cairoli, les aida à remonter un cirque et en assura la gestion qui, au demeurant, lui faisait une parfaite couverture. Ce trotskyste gérant de cirque s'embarqua un an plus tard pour le Brésil, choisit l'Argentine — celle d'Elbio — comme pays d'adoption et, précise sa notice du « Maitron », y « rendit d'importants services dans les conditions périlleuses de l'Amérique latine ». L'époque des guérillas urbaines devait convenir à cet homme d'action qui attendit l'extrême limite répressive pour revenir en France, en 1977, où il adhéra… à la LCR.

Aussi plaisante soit-elle, la légende ne saurait cacher ce fait : le jeune Molinier — il avait vingt-six ans en 1930 — fit des dégâts. Naville avait le même âge, un autre bagage politique et intellectuel, et il suffit de le lire pour prendre la mesure de ce gâchis. Il montre comment, sous l'influence de Molinier et de ses proches — qui ne se privaient pas de brandir des numéros de *La Révolution surréaliste* pour moquer le passé intellectuel de leur rival —, Trotsky se laissa aveugler par des questions individuelles, usant d'arguments personnels en lieu et place de discussions politiques. Il faut par exemple imaginer Pierre Naville lisant ceci sous la plume de l'homme qu'il admirait tant, dans une lettre de Trotsky que lui montra Rosmer : « C'est un grand danger surtout si, au lieu d'éduquer Naville lui-même, on le laisse "éduquer" les autres. Il est trop intellectuel et trop fraîchement venu de l'école surréaliste... »

La vérité est que Trotsky épousait facilement en politique ce préjugé anti-intellectualiste grâce auquel des intellectuels s'autoproclament porte-parole du monde du travail. Un jour de ces mêmes années de querelles dans le petit groupe français où l'intellectuel, justement, lui faisait face, il s'approcha de Naville et, saisissant l'un des boutons de sa veste, lui chuchota : « Tenez, P..., voilà un intellectuel petit-bourgeois. Vous avez dix pour cent de P... » « J'en ai les larmes aux yeux, poursuit Naville, racontant la scène. Je réplique : “Si c’est vous qui le dites, que puis-je répondre ?... — Eh bien, cela se corrige.” »

Il en avait les larmes aux yeux... « Vous avez un sens tragique de l’organisation », lui reprocha Trotsky, une autre fois. Revivant la scène bien longtemps après, au début des années 1960, l’ancien surréaliste y voyait « un signe fatal », le signe du pouvoir d’attraction tragique dans notre modernité de cette entité : l’organisation politique. « L’orga », disions-nous, où semblait se jouer le destin, le nôtre et celui de l’humanité. Le Parti, confiait Naville en revivant ses humiliations, « ce prince moderne, harcelant et maudit, fatal au peuple, fatal à ta personne »...

De cette fatalité, le lambertisme fut à la fois l’otage et l’instrument.

Pierre Lambert, tout comme Claude Bernard dit « Raoul », fut formé à l’école moliniériste. Le Comité communiste internationaliste (CCI), le groupe trotskyste où ils se sont connus pendant l’Occupation, était dirigé par Henri Molinier qui sera tué par un obus allemand, en 1944, avec une forte somme d’argent sur lui — son frère Raymond et Pierre Frank avaient été mis à l’abri, partis à l’étranger dès 1939 sur consigne de l’organisation. Dans son cahier d’hommage, Pierre Broué exhume un texte où « Raoul » revendique explicitement cet héritage — et en quels termes !

« Molinier, son frère et quelques autres, écrit-il, ont tenté de se hisser aux nécessités politiques de la vie moderne… [Le groupe] de Molinier était une organisation de combat et pas une organisation de candidats martyrs ou capitulards… [C'est] jusqu'à présent le seul exemple de bolchevisme moderne qui ait été tenté en France. »

Que le CCI n'ait pratiquement pas eu de martyrs pendant la guerre, c'est un fait avéré : c'est l'autre groupe, le Parti ouvrier internationaliste, le POI des Rousset, Filiatre, Chauvin, Craipeau, etc., qui paiera le prix fort d'une résistance active, sauvant l'honneur du trotskysme par son choix « internationaliste » d'un travail clandestin auprès de soldats allemands antinazis, notamment en Bretagne. Mais que le CCI n'ait pas capitulé sur des valeurs essentielles, c'est une autre affaire.

Car le trotskysme français a aussi sa part d'ombre, son mauvais souvenir, son secret de famille : l'attitude d'une partie des siens sous l'Occupation.

Secret de famille élargie puisque, dans mon souvenir, la Ligue ne fut pas, en cette matière, meilleure préceptrice. Secret, toutefois, c'est beaucoup dire. Qui voulait savoir, savait. Mais il fallait vouloir. Selon la vulgate officielle, celle du petit livre de Pierre Frank sur l'histoire de la Quatrième Internationale, les deux groupes trotskystes, POI et CCI, auraient « déraillé tous les deux », offrant des « déviations » opposées mais parallèles qui furent mises sur le même plan et condamnées au même titre lors d'une réunion clandestine de réconciliation en vue de la réunification, en février 1944. Sauf à considérer que résister et, sinon collaborer, du moins ne rien faire, s'abstenir, ne pas agir et se contenter de survivre, c'était du pareil au même, cette équivalence était une billevesée.

Les faits sont là, qu'il faut bien regarder en face.

Le 28 août 1940, soit une semaine après l'assassinat de Trotsky, Henri Molinier, le plus vieux dirigeant du CCI en ancienneté militante comme en âge (il a alors quarante-deux ans), soumettait, sous le pseudonyme de « Testu », un texte à la discussion de ses camarades dont le titre, *Que faire?*, était explicite, faute d'être original. Originale, sa réponse l'était, hélas : ne pas hésiter à faire de l'entrisme dans les organisations fascistes qui vont dominer le pays occupé. Pourquoi ? Parce que, entre Berlin et Moscou, s'annonce « la stabilisation relative pour un temps assez long et sur une large échelle d'un certain capitalisme d'État fasciste ». Les organisations de masse fascistes et staliniennes devant logiquement dominer pour longtemps la classe ouvrière, il faut donc sous-mariner à part égale, chez les uns et chez les autres, sans distinguer entre fascistes et antifascistes, en attendant que se dégagent des courants anticapitalistes. Catastrophisme et opportunisme se donnaient déjà la main. Henri Molinier, dit aussi « Audoin », ne se contenta pas de cette réflexion, il la mit en pratique, adhérant en 1941 au parti fasciste de l'ancien socialiste Marcel Déat, le Rassemblement national populaire (RNP), en plein accord avec le CCI, son organisation... trotskyste.

Spontanément, l'autre courant trotskyste, le POI, ne se trompa pas d'ennemi quand les armées nazies pénétrèrent en France. Mais son mot d'ordre : « Soldats, prenez en charge la défense contre Hitler » provoqua le brusque départ d'un de ses dirigeants qui, en 1939, était pourtant devenu l'homme de confiance de Trotsky à Paris : Jean Rous. Cet avocat de profession finira la guerre dans la Résistance et deviendra après la Libération un personnage de la social-démocratie française, dirigeant de la SFIO, du PSA, du PSU et, pour finir, du nouveau PS de François Mitterrand. Mais, sous le choc de la défaite, il commença fort mal en se détachant brutalement du trotskysme et en abandonnant toute référence internationaliste. Dès juillet-août 1940, il prit des contacts pour créer un parti qui, bien que non autorisé, évolua dans une semi-légalité au tout début de l'Occupation. « Ni pro-anglais, ni pro-allemands, mais pro-français », proclamait ce Mouvement national révolutionnaire (MNR) dont les périodiques s'intitulèrent *La Révolution française*, puis *Le Combat national révolutionnaire.* Cette propagande-là ne faisait pas vraiment désordre dans le concert vichyssois. Heureusement pour lui, Jean Rous finit par se ressaisir au bout d'un an : en 1941, il prit le chemin de la résistance gaulliste.

Un jour de 1943 où il réussit à échapper aux policiers qui l'avaient arrêté, Yvan Craipeau avait dans sa poche un papier qui l'embarrassait diantrement : « une première liste de gens à supprimer » où figurait en bonne place le nom de Jean Rous, auquel ses camarades n'avaient pas pardonné sa trahison de 1940. Craipeau raconte bien ce climat de défaitisme et de démoralisation dans lequel se sont inscrits ces parcours aberrants. Durant l'été 1940, avant de rompre tout lien et de le dénoncer comme traître, il rencontra Rous. Résumé : « Il croit scellée la victoire hitléro-stalinienne. C'est, dit-il, la voie barbare que choisit l'Histoire, faute de révolution prolétarienne, pour dépasser le capitalisme et réaliser une société plus ou moins socialiste. » « Tu acceptes l'antisémitisme ? » lui demande Craipeau. Réponse : « Lafargue disait : "C'est le socialisme des imbéciles." Et il y a tant d'imbéciles… » « Il faut être du côté du manche », lui confia encore Rous.

Quand ils sont déboussolés et désorientés, inaptes à déchiffrer les brumes de matins inédits et les nuages de tempêtes imprévues, les hommes seulement efficaces qu'affectionnait Trotsky sont capables de s'inventer des « manches », justement, ne serait-ce que pour exister et survivre. En l'occurrence, s'ils étaient égarés, c'est tout simplement parce que leurs anciens repères ne fonctionnaient plus, et Trotsky y a sa part de responsabilité. Sur la guerre qui venait, il fut à la fois extrêmement lucide et lourdement dans l'erreur. L'un des rares de son temps à pronostiquer, dès 1933, l'inéluctabilité d'un conflit mondial provoqué par le nazisme, il sut même prévoir le génocide, écrivant en décembre 1938 ces lignes terriblement prophétiques : « Il est possible d'imaginer sans difficulté ce qui attend les Juifs dès le début de la future guerre mondiale. Mais, même sans guerre, le prochain développement de la réaction mondiale signifie presque avec certitude l'extermination physique des Juifs. »

Cependant Trotsky commit la faute, dont on ne peut exclure qu'il l'aurait réparée dans le cours des événements, d'envisager la Seconde Guerre mondiale sous le prisme de la Première. Prisonnier de ce schéma et d'une pensée marxiste qui n'avait pas encore traversé l'expérience du totalitarisme, il ne cessait de qualifier la guerre à venir de « deuxième guerre impérialiste ». Il avait fait sien un scénario illusoire inspiré de l'expérience russe où, les mêmes causes produisant les mêmes effets, le stalinisme ne résisterait pas, s'effondrant sous les coups de l'impérialisme nazi, tandis qu'une formidable montée révolutionnaire engendrée par les souffrances des peuples changerait radicalement la donne dans le mouvement ouvrier. Comme on le sait, et Stalingrad aidant, loin d'être défaits, l'URSS et ses dirigeants se retrouvèrent, après guerre, au zénith de leur gloire. Bref, le pronostic de Trotsky s'est révélé totalement erroné.

Répéter, c'était de plus prendre le risque du décalque et des automatismes. Ne pas voir le neuf et l'inédit, en s'aveuglant de certitudes. Si le combat entre nazisme et démocraties n'est qu'une nouvelle variante de l'affrontement des impérialismes pour le partage du monde, pourquoi des révolutionnaires se sentiraient-ils concernés par la défaite de leur pays et obligés de choisir leur camp entre deux maux assimilés l'un à l'autre ? Si l'on ajoute la confusion idéologique que devait créer le pacte germano-soviétique, parmi ceux des trotskystes qui épousaient le dogme de « l'URSS, État ouvrier dégénéré », on s'explique, faute de l'excuser, qu'il y ait eu cette bizarrerie : des révolutionnaires défaitistes en 1940, flanc gauche d'un pacifisme dont certaines grandes figures allaient flirter avec Vichy qui était la défaite incarnée, souhaitée et revendiquée.

Dans de tels moments de confusion et de

désarroi, ce sont souvent les plus souples et les moins dogmatiques, les plus indisciplinés et les moins bornés des militants qui sauvent l'honneur. En 1940, un trotskyste des premiers temps avait mille raisons de se sentir perdu et égaré. Ce qui fit la différence entre les uns et les autres, les dérives ou les lucidités, l'attentisme ou l'engagement, ne me semble pas relever de l'idéologie, mais de la culture, entendue comme une façon d'être au monde et aux autres, de regarder les événements et de réagir aux urgences. Or, dans ces mondes militants, l'organisation fait la culture, le micro-parti façonne les êtres, l'appareil transmet des réflexes. Quand, en février 1944, se tint aux environs de Beauvais la « conférence européenne » — en fait essentiellement française et belge — de la Quatrième Internationale dont l'objectif était de réunifier les groupes français, les gens du CCI qui avaient plutôt fait le gros dos pendant la guerre reprochèrent à ceux du POI des « déviations nationalistes » et se posèrent, face à ces laxistes, en champions de la « rigueur d'organisation ». La vérité est que, sans le POI, ses prétendues dérives nationalistes et imprudences laxistes, on chercherait encore en vain la trace d'une résistance trotskyste sous l'Occupation.

Quand ces reproches furent énoncés, Marcel Hic était encore vivant : il venait d'arriver à Buchenwald. Jusqu'à son arrestation, le

13 octobre 1943, il avait été l'âme de la Quatrième Internationale en Europe pendant la guerre et l'animateur de *La Vérité* clandestine. Journaliste, il fut appréhendé dans l'immeuble de l'agence Havas où il travaillait. À Fresnes, il retrouva David Rousset, Roland Filiatre et Philippe Fournié, les autres militants du POI interpellés. Torturé, par des Français rue des Saussaies, par des Allemands avenue Foch, il fut déporté avec ses camarades le 27 janvier 1944. De Buchenwald, il fut transféré à Dora, un camp plus dur, et de Dora à Elrich, qui était encore pire. Comme Filiatre, il avait commis l'erreur, qu'avait su éviter Rousset, de déclarer à l'administration de Buchenwald, contrôlée par les communistes allemands, son appartenance à la Quatrième Internationale. De faible constitution, assigné au travail de terrassier, il mourut le 28 décembre 1944.

Le texte exact s'est perdu, mais les grandes lignes sont connues et le titre est resté : c'est dans une « Lettre aux ouvriers anglais » que Marcel Hic expliqua à ses camarades du POI la nouveauté introduite par la guerre, s'émancipant des leçons mal apprises et pauvrement rabâchées. Politiquement, ses réflexes instinctifs étaient les bons : fût-elle impériale, la démocratie britannique ne saurait être mise sur le même plan que l'Allemagne nazie ; la France occupée est « une nation opprimée » ; la question nationale devient essentielle, une lutte de libération nationale est à l'ordre du jour; il faut s'y inscrire, tenter de la radicaliser socialement, tout en refusant le chauvinisme et en maintenant les principes internationalistes. Prouvant que ce n'était pas paroles en l'air, il entraîna le POI, si groupusculaire fût-il, à confronter ses idéaux internationalistes à l'épreuve de la résistance nationale. Ce fut donc le choix, aussi grandiose que suicidaire, du travail antifasciste clandestin au sein de l'armée allemande, dans l'espoir d'y réveiller ce qui pouvait rester, chez les soldats, de mémoire de l'immense mouvement ouvrier écrasé par le nazisme.

La naissance de l'organisation trotskyste réunifiée, ce PCI dont Craipeau fut le dirigeant éphémère, se fit donc sans Marcel Hic, encore vivant, mais déporté. Sans Henri Molinier aussi, mais pour d'autres raisons : la nouvelle organisation refusa d'endosser son aventure entriste au sein du RNP du collaborateur Marcel Déat et, par conséquent, lui ferma sa porte. Ce fut un compromis d'appareil — entre micro-appareils — puisque ladite escapade avait reçu l'aval de ses camarades du CCI qui, eux, étaient les bienvenus. Parmi ceux-ci, Pierre Boussel, le futur Lambert, dont le pseudonyme était alors « Lejeune ». Pendant la guerre, il avait été très proche du grand frère Molinier, sans doute son meilleur allié. On ne sait s'ils pensaient pareillement, mais on peut le supposer. On peut même penser qu'Henri Molinier, son aîné d'un peu plus de vingt ans, fut alors le mentor de Pierre Lambert. De fait, conformément à la ligne « Testu », l'entrisme de l'un au sein du RNP de Déat eut pour pendant l'entrisme de l'autre au sein de la CGT clandestine. Ils menèrent d'ailleurs ensemble une bataille interne au sein du CCI qui se solda, un temps, par leur exclusion, en 1943.

Dans les notes collectées par Pierre Broué, « Raoul », qui en fut témoin, raconte ce curieux monde et ce drôle de climat : « L'hypothèse d'une exécution de Lambert et Testu [Molinier] qui était "parti avec la caisse" a été soulevée à une réunion... Le CCI aussi, c'était une déviation petite-bourgeoise, mais d'un autre genre : des illuminés jacobins. »

Des égarés plutôt, victimes de ce principe fatal qu'évoquait Naville.

Un ancien cadre lambertiste, devenu journaliste dans un hebdomadaire, m'a raconté une confidence de Pierre Lambert. Ce dernier lui dit un jour quel était, selon lui, « le plus beau nom » pour une organisation révolutionnaire : « L'Homme quelconque ». Et Lambert d'ajouter : « Dommage, c'était le nom d'un parti fasciste... »

L'Uomo Qualunque fut en fait le titre d'un journal, lancé après guerre en Italie et autour duquel se retrouva la clientèle du premier fascisme mussolinien, à forte connotation sociale. Dans l'histoire des idées italiennes, le « qualunquisme » est assimilé à ce que fut, en France, le poujadisme. Ambigu et contradictoire, son animateur, Guglielmo Giannini, plaçait sur le même plan fascisme et antifascisme, contestant au second sa légitimité et lui reprochant l'épuration.

J'ose espérer que c'est à l'intitulé que pensait Pierre Lambert, et non au programme. L'ambiguïté n'est pas dissipée pour autant. L'homme quelconque, c'est l'homme anonyme, l'homme discret, l'homme de la rue, l'homme de la foule, l'homme des masses... Autrement dit, la mort de l'individu.

Au royaume de l'homme quelconque, les hommes ne comptent plus.

9

Les morales souples

Avec André Malraux, Victor Serge fut moins civil que ne l'avait été Léon Trotsky. Mais on voit mal comment ces deux écrivains-là auraient pu bien s'entendre. Indécrottable dissident, y compris en trotskysme, Serge était le contraire de l'officiel Malraux. Il ne ménageait jamais et rompait souvent.

Ils se rencontrèrent à Marseille, en zone encore libre, au tout début de la guerre, peu avant que Serge n'embarque, en 1941, à bord du *Capitaine Paul Lemerle* qui, via la Martinique, devait l'emmener sur le continent américain où il finira ses jours, au Mexique bien sûr. Ils évoquèrent le passé, d'autant plus facilement que Malraux n'était déjà plus le compagnon de route du stalinisme qu'il avait été. Accompagné de son fils, Vlady, qui lui servait aussi de garde du corps, Serge écoutait plus qu'il ne parlait, poli et réservé comme à son habitude. C'est Vlady, alors âgé d'une vingtaine d'années, qui provoqua l'incident. Il demanda à Malraux si, après tout ce qui s'était passé en Espagne en arrière du front républicain — les liquidations d'oppositionnels divers par les agents staliniens —, il écrirait encore cette phrase de *L'Espoir* où les militants du POUM sont présentés comme des agents nazis. « Oui, au fond, oui », répondit Malraux. C'est alors que Victor Serge se leva, frappa des deux mains sur la table, cria : « Non, non, pas ça ! », et s'en alla, sans autre cérémonie, laissant Malraux à sa solitude.

Je tiens l'anecdote d'un vieil ami, connu à la Ligue, qui lui-même l'a recueillie de la bouche de Vlady, à Cuernavaca, la ville de Lowry et de son *Volcan*, où il habite et où il peint. Car Vlady Kibaltchitch, né en 1920 à Petrograd quand son ex-anarchiste de père, arrivé de France un an plus tôt, combattait aux côtés des bolcheviks, est aujourd'hui un peintre mexicain reconnu. Dans la maison, musée et tombeau de Trotsky, à Coyoacán, une toile de sa main évoque le crime sans le montrer. Il l'a appelée *L'Instant*, tout simplement. Cet ancien camarade qui me rapporte ces nouvelles du Mexique, où il s'est rendu en compagnie de Régis Debray, n'aime pas trop évoquer spontanément son passé trotskyste, sans doute parce qu'il s'en est apparemment plus éloigné que d'autres : c'est Sami Naïr, le vice-président du Mouvement des citoyens (MDC) de Jean-Pierre Chevènement. Je ne le mentionne pas seulement pour que l'ancien trotskyste Lionel Jospin se sente moins seul dans le paysage de la gauche plurielle dont le MDC a publié le bulletin de décès. C'est aussi pour dire combien, malgré distances et divergences, ce passé commun peut continuer à faire signe et sens entre nous. Et je suppose qu'il en va de même entre anciens lambertistes.

Sur le bateau qui, en 1941, l'emmenait hors de France, Serge eut pour compagnons de voyage des notoriétés anciennes et futures. Il y avait là notamment André Breton et Claude Lévi-Strauss. Ce dernier, qui avait milité au sein de la gauche de la SFIO, ne pouvait qu'être spontanément impressionné par le personnage de Serge, ce révolutionnaire intraitable qui n'avait jamais transigé, y compris quand il fut emprisonné au goulag, au milieu des années 1930. Mais, dans *Tristes Tropiques*, le grand ethnologue et futur académicien confie sa surprise de découvrir, en faisant la connaissance du père de Vlady, « une vieille demoiselle à principes » qu'il évoque en quelques traits rapides : « Ce visage glabre, ces traits fins, cette voix claire joints à des manières guindées et précautionneuses. » Derrière le portrait physique sans doute fidèle, Lévi-Strauss exprime aussi des préjugés courants : l'énergie de la révolution ne devraitelle pas plutôt s'incarner dans une force brute ? Or, contrairement à l'image que donnent d'eux les débordements populaires qu'ils appellent de leurs vœux, les révolutionnaires les plus conséquents sont souvent des esthètes, aristocrates de l'esprit et chevaliers du devoir.

André Breton, le « pape » du surréalisme, était de cette espèce. Je ne sais si Serge et lui ont vraiment échangé en cours de traversée ; en tout cas, je n'ai pas su en retrouver la trace. Mais, de toute façon, si la politique pouvait les rapprocher, la littérature les éloignait, très probablement. De l'aventure trotskyste, Serge fut le compagnon de route libertaire, refusant les tergiversations du « Vieux » sur la nature de l'État soviétique dont Trotsky lui-même avait été l'un des accoucheurs et se posant en procureur inlassable d'une réalité totalitaire sur laquelle il ne se faisait plus aucune illusion. En revanche, il en fut le seul conteur, unique romancier et poète de l'opposition de gauche au stalinisme. Une écriture sans doute trop classique pour Breton. L'écriture d'un passeur qui sauve du péril, transmet avant l'oubli, protège de l'effacement. « Le métier de vaincu est un des plus ingrats, a-t-il écrit, en février 1944, dans ses carnets. Moyens ou faibles, les gens ressentent la défaite, la leur propre et celle des autres, comme une tare. » Un mois plus tôt, il notait, avec ironie : « Les hommes auraient besoin d'un sens de l'Histoire comparable au sens de l'orientation des oiseaux migrateurs. »

Je ne suis pas parti, ici, à la recherche d'un introuvable sens de l'Histoire, fût-elle « notre » histoire. Et je n'ai guère de goût pour la culpabilité ou l'aigreur qu'affectionnent les orphelins d'improbables victoires. J'ai seulement voulu jouer à mon tour les passeurs. Certainement plus confus et moins héroïque que celui dont témoignait Victor Serge, le passé que je me suis risqué à évoquer ne me paraît pas moins précieux. Quand l'Histoire se dérobe, il faut continuer à tisser des histoires. Sinon, demain, après-demain, quand elle sera de retour, l'Histoire nous trouvera bien empotés ignares et incultes, maladroits et calamiteux surtout.

Le trotskysme lui-même est une sorte de passage qu'ont emprunté des valeurs et des idées, des références et des conduites, pour échapper à leur négation et se sauver d'une débâcle assurée. Ce n'est pas un programme fini, encore moins une recette accomplie et, comme on l'a vu, sans effort sur soi-même, il ne prémunit pas contre la stupidité ou la folie humaines. C'est, tout simplement, une expérience, théorique et pratique. Dans le contexte historique du XXe siècle, ce fut la forme prise par l'un des maillons de l'infinie et universelle chaîne des révoltes logiques et critiques. En cette matière fragile, chaque maillon compte et, si celui-là n'avait pas été préservé, la chaîne aurait été en partie rompue. Qu'on pense par exemple, sans épiloguer plus longtemps, à ce que la pensée de la démocratie et la critique du totalitarisme doivent, en France, à Cornelius Castoriadis et Claude Lefort qui furent trotskystes dans l'immédiat après-guerre, militants du PCI dirigé par Yvan Craipeau, avant de fonder leur propre groupe, Pouvoir ouvrier, plus connu sous le nom de leur revue, *Socialisme ou Barbarie.* Sauver du passé en l'occurrence, ce n'était pas conserver des reliques et des dogmes, mais redécouvrir le politique, le réinventer et le repenser quand le totalitarisme voulait inscrire sa mort et sa fin. Le trotskysme, ce fut aussi cela : un passage vers une pensée de la liberté, vers une idée libertaire de la démocratie.

Il se trouve, de plus, que cette chaîne de mémoire est plus précisément passée par la France, nous léguant en ce début de XXIe siècle un trotskysme militant dont la persistance et l'ampleur sont une spécificité française. Peut-être est-ce pour cette raison même que cette école me semblera toujours plus universaliste que ne le fut le bolchevisme qui, quoi que nous en ayons prétendu, m'a toujours paru une histoire profondément russe... Les explications de ce détour français sont certainement plus complexes que je ne l'ai laissé entrevoir. Il faudrait ajouter ces traditions particulières du mouvement socialiste français que le chauvinisme et le stalinisme avaient étouffées et qui, vaille que vaille, ont survécu par ce biais : le blanquisme surtout, l'anarcho-syndicalisme aussi, voire aussi le guesdisme. Mais ces causalités lointaines n'auraient pu intervenir sans ces occasions, hasards et bifurcations souvent décisifs, qui font également l'Histoire et que j'ai voulu donner à voir : l'existence d'un petit groupe français déterminé issu du Parti communiste dès la fin des années 1920 ; le repli de l'espérance en France après sa défaite en Allemagne, en 1933 ; les deux années de séjour de Trotsky dans l'Hexagone, de l'été 1933 à l'été 1935.

L'un des mystères de ce séjour, dont je n'ai pu encore trouver la clé, est cette halte incertaine du « Vieux » en Corrèze, fin décembre 1934, début janvier 1935. Vacances, repos, rendez-vous, discussions ? Je ne sais. Toujours est-il que, selon certains auteurs, Trotsky aurait séjourné au château de Bity, dont le propriétaire était alors un ancien consul de Grande-Bretagne que l'on dit aussi avoir été membre de l'Intelligence Service.

Le château de Bity est aujourd'hui la propriété de Jacques Chirac, président de la République française.

Dans son *Anthologie de l'humour noir*, André Breton décrit fort bien ces jeux auxquels je ne cesse de me livrer, associations libres et rencontres inattendues. « Le sphinx noir de l'humour objectif, écrit-il, ne pouvait manquer de rencontrer, sur la route qui poudroie, sur la route de l'avenir, le sphinx blanc du hasard objectif. » Le « hasard objectif » est un concept-clé de l'investigation telle que l'entendaient les surréalistes. Ces « rapprochements soudains », ces « pétrifiantes coïncidences », ces « réflexes primant tout autre essor du mental », selon les formules de Breton dans *Nadja*, sont ce par quoi se manifeste mystérieusement une nécessité vitale qui, en même temps, nous échappe. À vrai dire, il faut y mettre aussi du sien. De même que l'archéologue ne saurait trouver par magie ou miracle, ces hasards objectifs sont des surprises qui se méritent et se travaillent. Qui s'offrent comme des récompenses.

Il en est qui sonnent comme des alarmes, pour nous tenir dans l'éveil de l'inquiétude et nous empêcher de sombrer dans un sommeil indifférent. C'est ainsi que je termine ce livre, à Paris, non loin du Jardin des Plantes, tandis que dans l'appartement d'à côté un vieil homme, médecin juif retraité, s'enferme dans le souvenir de sa famille, de sa mère et de sa sœur surtout, assassinées lors du massacre de Rovno, en novembre 1941. C'était le début de la solution finale nazie, le prologue de la destruction des Juifs d'Europe, le temps de ce que Raul Hilberg a appelé les « opérations mobiles de tueries » : une forêt, un bois à l'écart de la ville, des fosses, immenses, les hommes d'abord, les femmes et les enfants ensuite, par fournées entières, puis des rafales d'armes légères... Mon voisin, Michel, ne supporte plus d'avoir survécu aux siens et cette blessure lui est devenue, avec l'âge, un enfer quotidien. Or son meilleur ami fut Roland Filiatre, le trotskyste déporté par les nazis, le résistant héroïque dont il m'a donné, il y a peu, une photo, prise deux ans avant sa mort, au début des années 1990.

Il est aussi des hasards objectifs sans gravité, presque badins. J'ai commencé ce livre non loin de la ville de Pézenas, dans l'Hérault, en face d'un lieu-dit qui s'appelait... Saint-Palais. L'animateur du socialisme piscénois, conseiller régional, est un vieux camarade connu à la Ligue, un ami, Paul Alliès. Par son intermédiaire, j'ai fait la connaissance, pendant que j'écrivais, d'un viticulteur renommé qui se trouve être un ami fidèle de Pierre Lambert, de son fils surtout, disparu accidentellement, le journaliste François Boussel. Il fut militant à l'OCI, bien sûr, au PS ensuite et, comme nombre d'anciens lambertistes, s'est rangé de la politique à la fin des années 1980, abandonnant Paris pour Pézenas et Trotsky pour Bacchus. Or, à en croire un ami journaliste et lui-même ex-lambertiste, ce vigneron suit sans le savoir les traces d'un grand ancien : Boby Lapointe, la seconde gloire locale après Molière, aurait fréquenté l'OCI et son fameux rayon du spectacle. «Avanie et Framboise sont les mamelles du Destin » : c'est le refrain d'une des chansons de ce poète qui fut aussi un fou de mathématiques, inventeur de l'étonnant « système bi-binaire »... Je me dis que, parfois, mes hasards en font trop. Et aussi, Boby Lapointe aidant, qu'il y a du tragique dans l'engagement, de la même façon qu'il y a de l'humour dans le désespoir.

Du début jusqu'à la fin, tandis que je me risquais à ce livre où je me laisse entrevoir, des forces énigmatiques se sont donc amusées à m'attirer au centre d'une toile d'araignée dont chaque fil me ramenait à mon sujet. Je voulais donner sens, par mes mots, à l'humanité des idées et, pendant le temps que j'y consacrais, les idées qui m'habitaient semblaient prendre chair et vie.

De Pézenas, Molière et Boby Lapointe ne sont pas les seules célébrités. Il en est une autre, plus discrète : depuis une vingtaine d'années, Edmond Charlot y tient bouquinerie. Charlot fut longtemps éditeur à Alger. Un éditeur mythique dont, pendant la guerre, l'enseigne algéroise symbolisa la résistance de la littérature par contraste avec les compromissions littéraires du Paris occupé. Un homme entêté aussi : durant la guerre d'Algérie, sa librairie subit deux plastiquages successifs attribués à l'OAS.

Or, avant Gallimard, Edmond Charlot fut le

premier éditeur d'Albert Camus et, plus précisément, en 1939, celui de *Noces* où Camus conte Tipasa, ce lieu d'adolescence que je garde au plus secret de mes souvenirs. « Je comprends ici ce qu'on appelle gloire : le droit d'aimer sans mesure. » J'ai souvent relu cette phrase de *Noces à Tipasa* qui m'évoque ce que furent aussi nos colères : des révoltes amoureuses. Au regard des intentions de Camus, c'est sans nul doute un contresens. Mais l'auteur n'a guère de droit sur son œuvre : en fin de compte, un livre n'appartient qu'à son lecteur.

Fouillant à Pézenas sur les étagères de Charlot, j'y ai trouvé un vieil exemplaire des mémoires inachevés de Jules Isaac dont les manuels apprirent l'histoire à tant de générations de lycéens. Jeune dreyfusard, il fut un disciple de Charles Péguy, le Péguy de *Notre jeunesse.* Au soir de sa vie, rescapé par miracle du génocide qui emporta sa femme et sa fille, Isaac revenait sur ces engagements juvéniles dans ce livre devenu introuvable. Il évoquait ce temps où « tout était jeune », où rien n'était habitué, où tout était possible. Mais ce n'était pas mélancolie, promesse plutôt.

De Pézenas à Paris, via Tipasa, de Charlot à Isaac, via Camus, je m'en suis donc retourné vers Péguy comme l'on fait ses bagages à la fin des vacances, et j'y ai lu cet éloge des morales souples contre les morales raides dont je ferais volontiers la morale de l'histoire qui, ici, se termine :

« La raideur est essentiellement infidèle et c'est la souplesse qui est fidèle… Contrairement à tout ce que l'on croit, à tout ce que l'on enseigne communément, c'est la raideur qui triche, c'est la raideur qui ment… Ce sont les morales raides où il peut y avoir des niches, à poussières, à microbes, des moisissures et des creux de pourriture, dans des coins dans les raideurs… Et ce sont les morales souples au contraire qui exigent un cœur perpétuellement tenu à jour. Un cœur perpétuellement pur… Ce sont les morales souples et non pas les morales raides qui exercent les contraintes les plus implacablement dures. Les seules qui ne s'absentent jamais. »

BIBLIOGRAPHIE

Un livre est aussi fait de livres. On trouvera, ici, la liste, sinon de tous ceux qui m'ont accompagné, au moins de ceux que je cite, mentionne ou évoque. J'ai aussi utilisé les brochures et publications que j'avais gardées de mes années militantes. J'ai enfin été aidé, comme souvent, par l'efficace service de documentation du *Monde*.

Alleg (Henri), *La Question*, Minuit, 1958.

Alliez (Éric), (sous la direction de), *Gilles Deleuze, Une vie philosophique*, Les Empêcheurs de penser en rond, 1998.

Aragon (Louis), *Le Con d'Irène*, René Bonnel, 1928.

Arsan (Emmanuelle), *Emmanuelle*, Éric Losfeld/ Le terrain vague, 1968.

Aussaresses (Paul), *Services spéciaux, Algérie 1955-1957*, Perrin, 2001.

Benjamin (Walter), *Images de pensée*, Christian Bourgois Éditeur, 1998.

Bensaïd (Daniel), *Résistances, Essai de taupologie générale*, Fayard, 2001.

Breton (André), *Anthologie de l'humour noir*, Éditions du Sagittaire, 1940.

Breton (André), *Nadja*, Gallimard, 1928.

Broué (Pierre), *Trotsky*, Fayard, 1988.
Broué (Pierre), *Histoire de l'Internationale communiste, 1919-1943*, Fayard, 1997.
Broué (Pierre), *Raoul, militant trotskyste*, Cahiers Léon Trotsky, n° 56, juillet 1995.

Camus (Albert), *Noces*, Charlot, 1939 ; Gallimard, 1950.
Canguilhem (Georges), *Vie et mort de Jean Cavaillès*, Pierre Laleure Éditeur, 1984.
Char (René), *Œuvres complètes*, Bibliothèque de la Pléiade, Gallimard, 1983.
Clébert (Jean-Paul), *Dictionnaire du surréalisme*, Seuil, 1996.
Copfermann (Émile) *David Rousset, Une vie dans le siècle*, Plon, 1991.
Craipeau (Yvan) *Mémoires d'un dinosaure trotskiste, Secrétaire de Trotsky en 1933*, L'Harmattan, 1999.

Deleuze (Gilles) *Spinoza, philosophie pratique*, Les Éditions de Minuit, 1981.
Deutscher (Isaac), *Trotsky*, trois tomes, René Julliard, coll. « Les Temps Modernes », 1962-1965.

Fanon (Frantz), *Les Damnés de la terre*, préface de Jean-Paul Sartre, François Maspero, 1961.
Fernandez (Dominique), *Eisenstein*, Grasset, 1975.
Ferrières (Gabrielle), *Jean Cavaillès, philosophe et combattant, 1903-1944*, PUF, 1950.
Fougeyrollas (Pierre) et George (François), *Un philosophe dans la Résistance*, Odile Jacob, 2001.
Frank (Pierre), *La Quatrième Internationale, Contribution à l'histoire du mouvement trotskyste*, François Maspero, 1969.

Gauguin (Paul), *Oviri, Écrits d'un sauvage*, Gallimard, 1974.

Goldman (Pierre), *Souvenirs obscurs d'un Juif polonais né en France*, Seuil, 1975.
Goldmann (Lucien), *Pour une sociologie du roman*, Gallimard, 1964.

Hamon (Hervé) et Rotman (Patrick), *Génération, Les années de rêve*, Seuil, 1987.
Heijenoort (Jean van), *Sept ans auprès de Léon Trotsky*, Les Lettres Nouvelles/Maurice Nadeau, 1978.
Hilberg (Raul), *La Destruction des juifs d'Europe*, Fayard, 1988.

Isaac (Jules), *Expériences de ma vie*, Calmann-Lévy, 1959.

Jeanson (Francis), *Notre guerre*, Minuit, 1960.

Lapierre (Nicole), *Le Silence de la mémoire, À la recherche des Juifs de Plock*, Biblio « Essais », 2001.
Lapointe (Boby), *Intégrale, Chansons, poèmes, inédits*, Domens Éditions, Pézenas, 1994.
Lawrence (Thomas Edward), *Les Sept Piliers de la sagesse*, Payot, 1936.
Lévi-Strauss (Claude), *Tristes tropiques*, Plon, 1955.
Li Yizhe, *Chinois, si vous saviez...*, Christian Bourgois Éditeur, 1976.
Löwy (Michael), *Le Messianisme juif et les idéologies politiques modernes*, dans *La Société juive à travers l'histoire*, sous la direction de Shmuel Trigano, tome 3, Fayard, 1993.
Lowry (Malcolm), *Au-dessous du volcan*, Le Club français du livre, 1959.
Lowry (Malcolm), *Écoute notre voix, ô Seigneur...*, (nouvelles), Lettres Nouvelles/Maurice Nadeau, 1962.

Maitron (Jean) et Pennetier (Claude), (sous la direction de), *Dictionnaire biographique du mouvement ouvrier français, 1914-1939*, tomes 16 à 44, Éditions ouvrières, 1981-1997.

Malraux (André), *Œuvres complètes*, tome 2, Bibliothèque de la Pléiade, Gallimard, 1996.
Malraux (André), *La Politique, la culture*, Folio « Essais », 1996.
Massu (Jacques), *La Vraie Bataille d'Alger*, Plon, 1971.
Marx (Karl), *Œuvres*, tome 4, Bibliothèque de la Pléiade, Gallimard, 1994.
Merleau-Ponty (Maurice), *Signes*, Gallimard, 1960.

Naville (Pierre), *Le Temps du surréel, L'espérance mathématique, Tome 1*, Galilée, 1977.
Naville (Pierre) *Mémoires imparfaites, Le temps des guerres*, La Découverte, 1987.
Naville (Pierre), *Trotsky vivant*, René Julliard, 1962.

Péguy (Charles), *Œuvres en prose complètes*, tome 3, Bibliothèque de la Pléiade, Gallimard, 1992.
Perrault (Gilles), *L'Orchestre rouge*, Fayard, 1967.
Poretski (Élisabeth K.), *Les Nôtres*, Denoël, 1969.
Puche (Michel), *Edmond Charlot éditeur*, Préface de Jules Roy, Domens Éditions, Pézenas, 1995.

Recanati (Jean), *Esquisse pour la psychanalyse d'un libertin, Roger Vailland*, Buchet/Chastel, 1971.
Reclus (Élisée), *L'Homme et la terre*, François Maspero, 1982.
Roudinesco (Élisabeth) et Plon (Michel), *Dictionnaire de la psychanalyse*, Fayard, 1997.
Rousset (David), *L'Univers concentrationnaire*, Éditions du Pavois, 1946.
Rousset (David), *Les Jours de notre mort*, Éditions du Pavois, 1947.
Rousset (David), *Le pitre ne rit pas*, Éditions du Pavois, 1948.
Rousset (David), *La Société éclatée, De l'échec de la révolution bolchevique à l'espérance socialiste aujourd'hui*, Grasset, 1973.

Schwartz (Arturo), *André Breton, Trotsky et l'anarchie,* UGE/10-18, 1977.

Schwartz (Laurent), *Un mathématicien aux prises avec le siècle,* Odile Jacob, 1997.

Segalen (Victor), *Équipée, Voyage au pays du réel,* Gallimard, 1983.

Segalen (Victor), *Essai sur l'exotisme, Une esthétique du divers,* Fata Morgana, 1978.

Serge (Victor), *Carnets,* Actes Sud, 1985.

Shakespeare (William), *Œuvres complètes,* tome 2, Bibliothèque de la Pléiade, Gallimard, 1959.

Stéphane (Roger), *Portrait de l'aventurier, T. E. Lawrence, Malraux, Von Salomon,* Grasset, 1965.

Thirion (André), *Révolutionnaires sans révolution,* Robert Laffont, 1972.

Todd (Olivier), *André Malraux, une vie,* Gallimard, 2001.

Trotsky (Léon), Naville (Pierre), Naville (Denise), Heijenoort (Jean van), *Correspondance 1929-1939,* L'Harmattan, 1989.

Trotsky (Léon), Rosmer (Alfred et Marguerite), *Correspondance 1929-1939,* Gallimard, 1982.

Trotsky (Léon et Natalia) *Correspondance 1933-1938,* Préfacée, traduite et annotée par Jean van Heijenoort, Gallimard, 1980.

Trotsky (Léon), *Histoire de la révolution russe,* Avant-propos d'Alfred Rosmer, Seuil, 1950.

Trotsky (Léon), *Littérature et révolution,* Préface de Maurice Nadeau, René Julliard, coll. « Lettres Nouvelles », 1964.

Trotsky (Léon), *Ma vie,* Introduction et appendice d'Alfred Rosmer, Gallimard, 1953.

Trotsky (Léon), *Œuvres,* tomes 1 à 4, mars 1933-décembre 1934, EDI, 1978-1979.

Valtin (Jan), *Sans patrie ni frontières*, Jean-Claude Lattès, 1975.

Verbizier (Gérard de), *Ni travail ni famille ni patrie, Journal d'une brigade FTP-MOI, Toulouse 1942-1944*, Calmann-Lévy, 1994.

Vidal-Naquet (Pierre), *L'Affaire Audin*, préface de Laurent Schwartz, Minuit, 1958.

Weber (Henri), *Qu'est-ce que l'AJS ?, Contribution à l'analyse de l'extrême gauche*, Cahiers rouges, n° 5, François Maspero, 1971.

DU MÊME AUTEUR

Aux Éditions Stock

LA DÉCOUVERTE DU MONDE, 2002.

SECRETS DE JEUNESSE, 2001 (Folio n° 3841).

L'ÉPREUVE, 1999.

LA RÉPUBLIQUE INACHEVÉE, 1985, Payot. 1997, Stock, 1999. (Biblio Essais).

LES MOTS VOLÉS, 1997 (Folio Actuel n° 65).

UN TEMPS DE CHIEN, 1994 (Folio Actucl n° 49).

LA PART D'OMBRE, 1992 (Folio Actuel n° 37).

Composition Bussière
et impression Bussière Camedan Imprimeries
à Saint-Amand (Cher), le 11 mars 2003.
Dépôt légal : mars 2003.
Numéro d'imprimeur : 30675-031342/1.
ISBN 2-07-042246-1./Imprimé en France.

8599